LIZA PALMER

O DESTINO CHEGA

MARVEL

São Paulo
2019

EXCELSIØR
BOOK ONE

© 2019 MARVEL – All rights reserved.
Published by Marvel Press, an imprint of Disney Book Group.

© 2019 by Book One
Todos os direitos reservados e protegidos pela Lei 9.610 de 19/02/1998. Nenhuma parte desta publicação, sem autorização prévia por escrito da editora, poderá ser reproduzida ou transmitida sejam quais forem os meios empregados: eletrônicos, mecânicos, fotográficos, gravação ou quaisquer outros.

Primeira edição Marvel Press: abril de 2019

MARVEL PRESS
DESIGN Catalina Castro e Kurt Hartman
ILUSTRAÇÃO DA CAPA Lente Scura
ILUSTRAÇÕES Steve Kurth

EXCELSIOR – BOOK ONE
TRADUÇÃO Cassio Yamamura
PREPARAÇÃO Diogo Rufatto
REVISÃO Rhamyra Toledo e Rafaela Caetano
ARTE, DIAGRAMAÇÃO E
ADAPTAÇÃO DE CAPA Francine C. Silva

Dados Internacionais de Catalogação na Publicação (CIP)
Angélica Ilacqua CRB-8/7057

P198v	Palmer, Liza
	Vingadores: o destino chega / Liza Palmer; tradução de Cassio Yamamura. – São Paulo: Excelsior, 2019.
	304 p.
	ISBN: 978-65-80448-13-5
	Título original: *Avengers: Infinity War Destiny Arrives*
	1. Ficção norte-americana 2. Super-heróis I. Título II. Yamamura, Cassio
19-1803	CDD 813.6

PARTE 1

143

CAPÍTULO 1

136

Suspensa e parada no espaço, a nave estava em chamas. Luzes se acendiam e apagavam conforme os sistemas paravam de funcionar. Uma voz chamava a quem pudesse ouvir, clamando por ajuda. Implorando por misericórdia.

– Esta é a nave de refugiados asgardianos, a *Estadista*. Estamos sob ataque. Repito: estamos sob ataque! Os motores morreram, o sistema de manutenção de vida está pifando. Pedimos a ajuda de qualquer veículo dentro do alcance. Estamos a 22 pontos de salto de Asgard.

A nave responsável pela destruição da *Estadista* fazia esta parecer minúscula; pairava ameaçadora, envolvendo a outra com suas asas curvas. Essa nave colossal era a *Santuário II* – a base do "Titã Louco" da galáxia, Thanos.

– Nossa tripulação é composta de famílias asgardianas. Temos pouquíssimos soldados aqui. Esta não é uma nave de guerra. Repito: esta *não é* uma nave de guerra.

A bordo da *Estadista*, uma silhueta emergiu da destruição.

– Ouçam-me e regozijem-se.

Fauce de Ébano caminhava a passos lentos pelos destroços. Seu rosto achatado e alongado tinha olhos fundos e lábios largos que se prolongavam por uma boca que quase nunca sorria. Tufos de cabelos brancos assentavam-se na parte de trás da cabeça. Seu manto preto e justo tinha detalhes dourados e, somado às calças e aos coturnos escuros, deixava apenas seu rosto e suas mãos visíveis. Ele pressionava uma mão contra a outra; as longas pontas dos dedos – tão pálidos e enrugados quanto o rosto –

tocavam-se entre si com delicadeza. Sua voz era perturbadoramente tranquilizadora, dado o caos que o rodeava.

— Vocês tiveram o privilégio de serem salvos pelo Grande Titã.

Ele andou por sobre vários corpos, todos com ferimentos graves.

— Talvez vocês achem que isso seja sofrimento.

Heimdall, o ex-guardião da Bifrost, grunhia, coberto de sangue e hematomas, enquanto tentava se levantar. Sangue escorreu por seus olhos quando ele veio abaixo novamente, rezando mentalmente para Odin e para os Pais de Todos de outrora.

— Não é. — Fauce de Ébano olhou para os céus; sua voz elevou-se. — É *salvação*.

Enquanto Fauce de Ébano perambulava por entre os mortos e moribundos, o restante da Ordem Negra vinha atrás dele, acabando de uma vez por todas com o sofrimento daqueles ainda agarrados à vida. Vistos como seus "irmãos", todos eles haviam sido encontrados e criados por Thanos, levados de seus planetas natais conforme o titã seguia a marcha pela galáxia em uma missão. Missão esta que apenas ele e seus discípulos eram capazes de compreender como justa e nobre. Havia Próxima Meia-Noite, com chifres na lateral da cabeça e cujos olhos retraídos encaravam com raiva enquanto ela segurava seu longo bastão elétrico, carregado e estalante. O ágil Corvus Glaive, que parecia um elfo de capuz escuro, mantinha sua lança de duas pontas ao lado do corpo, pronto para a luta. O corpo enorme de Seletor Obsidiano prevalecia sobre todos, com o tecnomartelo mortal firme em suas mãos. Ele rosnava, e a pele escamosa e a cabeça incrustada de ossos causavam medo aos sobreviventes que ousassem olhar para ele.

— A balança do universo pende ao equilíbrio graças ao vosso sacrifício. — Fauce de Ébano olhou nos olhos de uma asgardiana gravemente ferida e seu rosto amaciou-se. — Sorriam — ele disse, enquanto a mulher dava o último suspiro. — Pois mesmo na morte, vocês se tornaram Filhos de Thanos.

Fauce de Ébano juntou-se à Ordem Negra, que cercou o prisioneiro: Loki, o Deus da Trapaça em pessoa.

Loki lançou um olhar intimidador a Fauce de Ébano quando ele, enfim, terminou de professar, mas, em seguida, desviou o olhar para a silhueta que se impunha acima de tudo. A silhueta que estes inimigos chamavam de "pai": Thanos. Sua pele roxa e similar a couro estava revestida por uma armadura de batalha; a abertura em seu capacete revelava olhos frios e impassíveis. E, pela primeira vez na vida, Loki decidiu ficar quieto.

— Sei como é perder — ressoou a voz calculada e áspera de Thanos, que olhava para Loki, por sua vez cauteloso, mas ainda contestador. — Como é sentir, com tanto desespero, que você está certo e, ainda assim, fracassar.

Thanos olhou para o corpo debilitado e surrado a seus pés e levantou Thor do chão como se fosse uma boneca de pano. Em seguida, percorreu, sem esforço, o espaço entre ele e Loki ao mesmo tempo em que aproximava Thor, que se debatia, do irmão adotivo.

— É aterrorizante. Faz as pernas virarem geleia. Mas lhe pergunto: de que adianta? Temer. Fugir. O destino chega mesmo assim. E aqui está ele. Ou melhor: aqui estou eu.

Em um gesto teatral, Thanos ergueu a mão e revelou que ela estava envolvida em ouro brilhante: a Manopla do Infinito. Era forjada com seis engastes, um na base de cada dedo e um maior no dorso da mão. Cada engaste foi projetado para conter uma Joia do Infinito, e uma delas já estava em sua posse. O brilho violeta da Joia do Poder pulsou quando ele flexionou o punho e fechou a mão.

— Você fala demais — cuspiu Thor, de cuja boca escorria sangue. Os olhos de Loki passaram de Thanos para Thor; sua mente ricocheteava com distrações sagazes, enganações engenhosas e possíveis rotas de fuga.

— O Tesseract. — A voz de Thanos ia direto ao ponto. — Ou a cabeça de seu irmão. Suponho que tenha uma preferência. — O rosto de Loki permaneceu estrategicamente sem expressão enquanto ele aparentava ponderar a proposta de Thanos.

— Ah, e como tenho — disse o Deus da Trapaça, com ousadia na voz. — Pode matá-lo.

Thanos conteve a surpresa diante da aparente indiferença de Loki a seu irmão adotivo e, sem desviar o olhar, fechou o punho e encostou a Manopla do Infinito ao lado do rosto de Thor. A Joia do Poder brilhou com o contato e, imediatamente, fumaça começou a emergir da pele queimada de Thor.

Conforme os gritos de Thor ecoavam pela nave partida, a bravata fingida de Loki vacilou. Ele se remexeu e lutou para se manter no controle de suas emoções, certo de que Thor seria capaz de aguentar qualquer açoite, como tantas vezes aguentara no passado. Mas os gritos cada vez mais altos de Thor ficaram insuportáveis, e Loki se deu conta do quanto estava errado. Enquanto Thanos o observava, os olhos vermelhos de Loki tiveram um lampejo de medo. Esta vez não era como as outras. Ele não tinha mais como aguentar.

— Está bem, basta! — Loki gritou; sua voz era um rugido frustrado.

Thanos soltou a mão e a Joia apagou-se. Loki fechou os olhos e suspirou aliviado diante do fim dos gritos de Thor, cuja cabeça ainda era segurada pela mão de Thanos, pressionando-a como um alicate. Thor explicou entre engasgos:

— Não estamos com o Tesseract. Ele foi destruído em Asgard.

Loki ergueu os olhos com uma expressão que Thor conhecia bem demais. Horrorizado, Thor viu seu meio-irmão levantar a mão e o cubo azul cintilante que era o Tesseract surgir do nada. Thanos sorriu, e Thor, cheio de fúria no olho que ainda tinha, suspirou:

— Você é o pior irmão que existe.

Apesar disso, Loki permaneceu confiante, andando até Thanos com o Tesseract na mão. A voz rígida e convicta.

— Garanto-lhe, meu irmão, o sol há de brilhar sobre nós novamente.

Loki parou, ainda a alguns passos de Thanos e da entrega do Tesseract, com determinação no rosto. Thanos encarou-o friamente e riu.

— Seu otimismo está fora de contexto, asgardiano.

Loki ergueu o queixo, teimoso. Sua boca desenhou aquele sorriso sabichão.

— Bem, em primeiro lugar, eu não sou asgardiano. Em segundo…

Os olhos do deus trapaceiro iluminaram-se quando revelou o ás na manga.

— Temos um Hulk.

Nesse instante, Loki soltou o Tesseract e lançou-se até Thor, deixando-o em segurança. Com três "TUM" altos, Hulk veio correndo da lateral da nave, pulou e deu uma investida em Thanos, jogando o corpulento contra a parede. A nave em ruínas tremeu com a colisão dos dois. Thanos veio ao chão com um grunhido audível. Hulk encarou Thanos e soltou um grito de guerra.

Hulk pulou em direção a um Thanos atordoado e despejou nele uma série de golpes potentes. Em seguida, envolveu o pescoço de Thanos com as mãos e afundou-o nas paredes da *Estadista*, chamuscadas e à beira do colapso. Seletor Obsidiano, ao ver o "pai" sofrendo, avançou para interceptar Hulk, querendo testar a própria força contra o colosso verde, mas Fauce de Ébano interrompeu o brutamonte com um simples gesto de mão.

— Deixe que ele se divirta — falou Fauce, sabendo o que dizia.

Thanos pegou os pulsos de Hulk, tirou-lhe as mãos do pescoço e deu um soco vigoroso no pescoço do adversário. Desorientado pela força incomparável de Thanos, o

Vingador gritou de dor e frustração; o jogo virava mais e mais a cada golpe aplicado por Thanos.

Após deixar Hulk aturdido, Thanos agarrou-o e ergueu-o acima da cabeça em um único movimento. Com um sorriso perverso, lançou o herói estupefato ao chão. Ao ver o amigo em perigo, Thor levantou-se com dor, pegando um cano. No momento em que Thanos acertaria um golpe destruidor, Thor atacou com o cano, que acertou as costas do titã com um "VUP" fraco e constrangedor.

Em retaliação, Thanos moveu-se mais rápido do que Thor imaginou ser possível, girando no apoio de um pé e dando um chute certeiro no peito do Deus do Trovão, lançando-o aos ares. Thor aterrissou no meio de metais retorcidos, escombros da nave debilitada. Com um gesto fluido, Fauce de Ébano usou sua telecinesia para dobrar os metais ao redor do asgardiano, prendendo-o ali.

Heimdall, taciturno, perscrutou a carnificina de onde estava, esparramado no convés, com feridas mortais, mas ainda vivo – embora, por sorte, nenhum dos Filhos de Thanos tivesse reparado nele até então. Thanos era diferente de qualquer inimigo que tivessem combatido, e ele sabia que precisava fazer algo antes que fosse tarde demais. Corajosamente juntando o pouco que lhe restava de força, Heimdall pegou sua amada espada, Hofund, uma última vez. Agarrado aos últimos fios de vida, sua voz engasgava e gaguejava. Perplexo e com dor, ele fechou seus olhos que tudo viam em oração e disse:

– Pais de Todos, permitam que a magia negra flua através de mim uma última vez.

Na empunhadura, a palma da sua mão começou a reluzir. Antes que Thanos ou seus Filhos pudessem reagir, a energia de arco-íris da Bifrost preencheu a nave e formou um túnel que envolveu o abatido Hulk. Em um lampejo de brilho, o gigante cor de jade sumiu, levado da *Estadista* em pane para as profundezas do espaço, que eram percorridas em arco pela Bifrost em velocidades acima da luz ao longo da galáxia. O corpo de Heimdall caiu, exaurido e aliviado. Hulk estava salvo.

Thanos virou-se para o asgardiano, que tinha plena ciência de que não teria salvação semelhante. Heimdall encarou Thanos intensamente, julgando o vilão conforme ele se aproximava do Guardião da Bifrost, agora caído.

– Isso foi um erro – disse Thanos, pegando a lança de ponta dupla e aparência cruel de Corvus Glaive. Heimdall cruzou olhares com Thor uma última vez, ciente de que seu destino estava selado. Com horror e desamparo, Thor pôde apenas assistir enquanto Heimdall retornava o olhar a Thanos, que havia erguido a lança bem acima do corpo debilitado e desprotegido de seu amigo. Os olhos de Heimdall, porém, estavam corajosos e inabaláveis quando Thanos afundou a lança no tórax do asgardiano.

– Não! – Thor debatia-se contra suas amarras metálicas, furioso. Sua voz vibrava de raiva enquanto Thanos torcia a lança ainda mais profundamente no corpo já sem vida de Heimdall. – Você… vai… *morrer* por isso – cuspiu Thor, que, mesmo flexionando seus músculos fortes, não conseguia se livrar da imobilização. Ele viu Fauce de Ébano mexer o pulso novamente e um pedaço de sucata acertar sua boca, abafando suas palavras e reduzindo-as a grunhidos agônicos.

— Shh... — Fauce instruiu com calma e um sorriso sarcástico.

Fauce de Ébano andou até o Tesseract caído. Chocado, ele o segurou nas mãos, o mesmo cubo que levara pessoas à loucura com meros sussurros a respeito do poder que parecia carregar, subindo à cabeça de seres menos determinados. Mas Fauce há muito tinha se dobrado ao fato de que havia apenas um poder verdadeiro no universo: seu mestre e pai adotivo, a quem ele agora entregava o Tesseract.

— Minha humilde pessoa curva-se perante vossa grandeza. — Fauce de Ébano ajoelhou-se diante de Thanos, baixando a cabeça em reverência. Preparando-se para enfim estar de posse do Tesseract, Thanos tirou o capacete e o peitoral. À sombra do mestre, Fauce ergueu o cubo com os braços esguios. — Nenhum outro ser jamais teve a força... ou a *nobreza* suficientes para brandir não uma, mas duas Joias do Infinito.

Um passo mais próximo de completar sua missão, Thanos pegou, extasiado, o Tesseract das mãos de seu humilde servo. Ele o segurou na palma da mão, espantado e silenciado por seu poder.

— O universo está em vossas mãos — reverenciou a voz de Fauce.

De repente, a mão enorme de Thanos se fechou no cubo dentro e o partiu em uma centelha brilhante. Ao abrir a mão, ele soprou os cacos de modo a revelar uma Joia oval, o azul mais puro já visto desde o início dos tempos.

A Joia do Espaço pulsava uma energia radiante na mão de seu novo mestre.

Thanos fez a Joia dançar habilmente em suas mãos antes de segurá-la com gentileza entre o polegar e o indicador. Ele ergueu a mão direita, deixando-a sobre a Manopla do Infinito, que brilhava. A "irmã" da Joia do Espaço, a Joia do Poder, começou a vibrar em sua posição, abaixo do dedo indicador. Thanos soltou gentilmente a Joia do Espaço no encaixe do dedo médio e foi imediatamente banhado por uma energia azul e luminosa.

Com duas Joias do Infinito sob sua posse, Thanos parecia estar ainda mais formidável do que alguns momentos antes, se é que isso era possível. Ele flexionou a Manopla e sorriu, satisfeito. Em seguida, virou-se para os Filhos de Thanos.

— Há mais duas Joias na Terra. — Sua voz de barítono reverberava pela nave. — Encontrem-nas, meus filhos, e levem-nas para mim em Titã.

Próxima Meia-Noite inclinou a cabeça com chifres.

— Não vamos decepcioná-lo, Pai — ela prometeu. Corvus Glaive e Seletor Obsidiano fizeram o mesmo gesto de reverência que a irmã.

Antes que fossem embora, uma voz hesitante interrompeu.

— Se me permitem intervir — disse Loki em um tom suave e traiçoeiramente brincalhão —, se vocês vão à Terra, talvez queiram um guia. — Sorriu. — É uma arena na qual tenho certa experiência.

– Se você considerar que fracasso seja experiência – provocou Thanos. Ele não havia esquecido a tentativa infrutífera de Loki de controlar Nova York com a ajuda dos guerreiros Chitauris de Thanos seis anos antes.

Loki encarou Thanos e falou com ênfase:

– Considero que experiência seja experiência.

Corvus Glaive mexeu seu corpo elegante para ficar no caminho, mas Thanos o dispensou. Loki continuou.

– Ó, Thanos, todo-poderoso – disse, com a voz cheia de confiança –, eu, Loki, príncipe de Asgard… – Loki se perdeu no discurso. Sua fanfarronice escorregou por um momento e seu corpo amoleceu. As palavras seguintes eram íntimas e desprotegidas – filho de Odin. – Loki olhou para Thor, detido e silenciado, que, estarrecido, podia apenas olhar enquanto Loki tecia o que, sem dúvidas, era uma teia elaborada e entrelaçada de enganação e soberba.

Loki continuou andando em direção ao titã.

– Rei de Jotunheim por direito, Deus da Trapaça. – Thanos não viu o relance de uma faca escondida na mão de Loki. Mas Thor viu. Seu olho inflamou-se de alerta e preocupação e raiva diante da óbvia estupidez de seu irmão adotivo, da incapacidade de reconhecer este inimigo como algo digno de mais do que os truques baratos de Loki. E, talvez, de uma pitada de admiração pela coragem do irmão, por mais ingênua que fosse. – Doravante prometo minha lealdade eterna. – Loki deu um suspiro profundo e controlado e então, mais rápido do que o olho podia ver, lançou-se a Thanos, faca em riste…

apenas para ser interrompido em sua trajetória, congelado no lugar pela Joia do Poder.

— Eterna? — Os olhos de Thanos estreitaram-se. Achando graça, o titã agarrou o pulso de Loki. Ao torcê-lo, a faca caiu da mão do pretenso assassino conforme ossos quebravam.

— Você deveria ter mais cuidado na escolha de palavras — Thanos afirmou, com um riso. Em um instante, a mão da Manopla envolveu o pescoço de Loki, tirando sua vida. Os olhos gélidos e calculistas de Thanos assistiam a Loki retorcer-se em agonia, com o rosto ficando azulado.

O equívoco de Loki tinha outra testemunha arrasada. Incrédulo e completamente incapaz de ajudar, Thor estava completamente destruído por dentro, pois tudo o que podia fazer era olhar, estando impotente para intervir e salvar o irmão mais novo outra vez.

Loki grasnou suas últimas palavras:

— Você jamais será… um deus. — Se era ameaça ou premonição, Thanos nunca viria a saber. Nem, aparentemente, tinha interesse em descobrir, uma vez que continuou a apertar os dedos.

Os gritos abafados de Thor ficaram mais altos que os arquejos agonizantes do meio-irmão. Depois que o corpo de Loki ficou mole, Thanos levou o agora cadáver para mais perto de Thor, segurando com cautela o irmão adotivo recém-morto e examinando-o com mais rigor. Thor teve dificuldade em aceitar que aquilo era real. Loki havia "morrido" muitas outras vezes, ele raciocinava, à beira do pânico. Esta vez seria como as outras. Loki estava apenas fazendo seus joguinhos. Ele voltaria. Thor estudou o corpo do irmão desesperadamente, procurando por qualquer sinal de vida, piscadela ou sorriso imperceptíveis. Mas não havia nada.

Nada.

Não... isso... isso não podia estar acontecendo. Terror puro percorreu o corpo de Thor enquanto Thanos jogava o corpo de Loki no chão sem solenidade alguma. Ele caiu perto de Thor, que soltou um grito de cortar o coração:

– NÃO!

– Nada de ressurreições desta vez – Thanos declarou para Thor, sem rodeios. O corpo destroçado e imóvel de Loki reverberou a afirmação.

Thanos levantou a mão e as Joias na Manopla do Infinito brilharam quando ele cerrou o punho. Um vórtice negro formou-se atrás dos Filhos de Thanos, que entraram nele e desapareceram. Assim que Fauce de Ébano sumiu, os metais que prendiam Thor caíram no chão, bem como o próprio asgardiano.

Thanos olhou uma última vez para Thor, que retribuiu com um olhar que tinha desejo de matar. Mas antes que Thor pudesse juntar forças para se erguer, Thanos desapareceu, e a energia de teletransporte sumiu com ele.

Thor rastejou até o irmão, trazendo o corpo sem vida de Loki mais para perto.

– Não, Loki – ele choramingou de leve. – Não. – Thor deixou a cabeça recair sobre o peito de Loki e chorou, finalmente aceitando o fato de que, desta vez, não havia joguinhos, nem uma segunda, terceira ou quarta chance.

Loki estava morto. E não havia nada que Thor pudesse ter feito para impedir isso.

Enquanto velava o corpo do irmão, a *Santuário II*, na escuridão à frente, começou a atirar no que restava da *Estadista*. Chamas acendiam conforme os mísseis acertavam a nave, destroçando-a. Uma explosão silenciosa rasgou os restos do que antes havia sido uma excelente nave, espalhando escombros e asgardianos mortos no espaço vazio.

Concluído o trabalho, a *Santuário II* desapareceu.

A muitos anos-luz dali, a Bifrost ultrapassou uma estrela brilhante enquanto levava Hulk por sua trajetória intergaláctica. Com uma velocidade impossível, ela fez a curva em uma órbita lunar conhecida e se direcionou ao planeta verde e azul abaixo.

A Terra.

Uma mansão imponente embelezava a Bleecker Street, na região de Greenwich Village da cidade de Nova York. Ao transeunte inocente, era um edifício vitoriano antigo. Já para um grupo seleto, ela era conhecida pelo seu verdadeiro nome: Sanctum Sanctorum, lar do mestre das artes místicas, Stephen Strange, o Doutor Estranho.

– Sério? Você não tem nada de dinheiro? – perguntou Doutor Estranho ao colega Wong, também mestre das artes místicas. Tanto Wong como Strange foram encarregados de serem guardiões do Sanctum de Nova York.

— Apego ao material é distanciamento do espiritual — Wong disse, seguindo Strange conforme os dois desciam a escadaria larga do Sanctum.

— Direi isso aos caras da lanchonete. Talvez lhe façam um sanduíche de presunto metafísico. — Strange troteou escadaria abaixo; ele vestia um moletom cinza com um casaco preto folgado e tinha as mãos nos bolsos da calça jeans, como quem não quer nada.

— Ah. Espere, espere, espere. Acho que tenho uns duzentos — Wong levou o braço ao bolso interno de seu traje, procurando algo. Vitorioso, puxou uma bola amassada de notas.

— Dólares? — perguntou Doutor Estranho, detendo-se por um momento para dar palco ao que ele sabia que se mostraria uma farsa. Wong desdobrou o dinheiro e seu corpo inteiro murchou.

— Rupias.

— O que equivale a…? — A voz de Strange ficou abrupta e aborrecida.

— Há, um e cinquenta? — confessou Wong.

Resignado, Strange balançou a cabeça e continuou a descer as escadas, sem olhar para trás. Em seguida, suspirou.

— O que você quer? — perguntou, e Wong animou-se.

— Não recusaria um atum com queijo quente.

Mas a discussão metafísica dos dois, bem como a ida à lanchonete da esquina, foi interrompida quando o arco-íris da Bifrost atravessou a enorme claraboia redonda no centro do Sanctum. Tendo alcançado seu destino final, a Bifrost dissolveu-se, deixando para trás um buraco considerável onde antes havia a escadaria central, além de seu único passageiro.

A Capa da Levitação apareceu como se viesse do nada enquanto Wong e Strange se firmaram diante da explosão. Levantando-se de suas posições agachadas e protegidas, Wong, Strange e a Capa audaciosamente subiram o que restava da escada. Como sempre, correndo na direção oposta àquela na qual a maioria das pessoas correria, eles se aproximaram da cratera e espiaram. Em choque, viram Hulk transformando-se devagar no seu *alter ego* humano, Bruce Banner.

Esfarrapado e desgrenhado, Banner exibia pânico em seu olhar.

— Thanos está chegando — ele proclamou, aterrorizado. — Ele está chegando!

Strange e Wong trocaram olhares. Voltando os olhos para Banner, Doutor Estranho fez uma pergunta que muitos antes dele haviam feito… e cuja resposta abalou as estruturas daqueles que a ouviram.

— Quem?

CAPÍTULO 2

127

—**C**alma, calma. Eu vou te explicar – disse Tony Stark, que tentava alcançar Pepper Potts. Os dois estavam andando nas trilhas do Central Park, em Nova York.

– Você está divagando – respondeu Pepper com um rolar de olhos. Quantas vezes já havia dito isso a Tony? Cem vezes? Mil? Sua mente desorientou-se.

Fazia anos que Pepper conhecia Tony… Fazia anos que o amava. O gênio divagante que era a única pessoa com quem ela conseguia se imaginar passando o resto da vida. Quando se deu conta disso, ficou exausta… e logo em seguida cada pedacinho dela iluminou-se com a mais pura e absoluta alegria. Ele era perfeito para ela, mas às vezes Pepper não sabia muito bem o que isso dizia a respeito dela mesma.

Ela sempre havia sido alguém que fazia a coisa certa, que tomava a decisão segura, que se assegurava de viver uma vida controlada e disciplinada… até Tony aparecer. Alguém que era o completo oposto dela de todas as maneiras possíveis. Ela sabia que Tony sempre acreditava que estava fazendo a coisa certa. Também tinha certeza de que ele nunca havia tomado uma decisão segura uma vez sequer na vida. E, quanto a Tony Stark viver uma vida controlada e disciplinada, nada poderia estar mais distante da realidade.

Pepper e Tony eram diferentes em todos os aspectos. Com uma exceção. Eles se amavam muito mais do que suas respectivas zonas de conforto achavam aceitável.

Aquele amor compartilhado sempre fora a verdadeira aventura em meio a uma existência que já era ridiculamente perigosa.

— Não estou, não — retrucou Tony Stark.

— Não sei mais do que você está falando. — As palavras de Pepper e de Tony se entrelaçavam com naturalidade. Eles conheciam tão bem o ritmo um do outro que era difícil determinar onde um terminava e o outro começava. Era evidente que Tony e Pepper se amavam. Mas era em momentos como esse que ficava ainda mais claro o quanto eles *gostavam* um do outro.

— Então, sabe quando você está sonhando e, no sonho, você precisa fazer xixi? — Tony apresentava seu argumento vestindo uma roupa de academia totalmente preta, complementada por um moletom pendurado de qualquer jeito nos ombros.

— Sei — respondeu Pepper. Paciente, mas deixando a conversa avançar.

— Pois é. E aí você fica: "Ai, meu Deus! Não tem banheiro aqui. O que vou fazer?"

— Certo.

— "Ai, tem alguém me olhando. Vou fazer nas calças…"

Pepper interrompeu antes que o sonho hipotético de Tony ficasse ainda mais explícito sem necessidade.

— E aí você acorda e, na vida real, você precisa mesmo fazer xixi.

Tony virou-se e apontou um dedo vitorioso para Pepper, grato por enfim ter os ouvidos de alguém que falasse o idioma Tony Stark. Ela o entendia. Por que isso sempre o surpreendia?

— Sim! — ele falou, triunfante.

— Certo…

— Ok. — As palavras deles se misturavam, sobrepondo--se e atravessando umas às outras como se tocassem uma sinfonia ágil e longa em marcha acelerada.

— Isso acontece com todo mundo — comentou Pepper, entre risos.

— Certo! É isso que estou tentando dizer. — Tony parou na frente de Pepper. Ele estava sem fôlego, mas não era por estar com a cabeça a mil (como ele normalmente estava). Essa falta de fôlego se devia à magnitude da frase que ele estava prestes a dizer em voz alta pela primeira vez. Para Pepper. A mulher que ele não conseguia acreditar que fazia parte de sua vida, algo que ele não escondia muito bem.

Tony respirou fundo.

— Em relação a isso, na noite de ontem eu sonhei que… — Ele silenciou-se por uma fração de segundo. Algumas coisas não têm volta depois de ditas, e ele jamais pensou que seria esse tipo de pessoa, mas aí ele conheceu Pepper. Uma mulher que o amava apesar de… bem, de ele ser quem era. Uma mulher que se importava com ele muito antes de ele se revelar o Homem de Ferro. Uma mulher que o havia salvado tantas vezes quanto ele havia salvado o mundo. Há tantas maneiras de ser o super-herói de alguém.

E lá estava ele, parado no Central Park, desembuchando:

— Tínhamos um bebê.

Pepper ficou quieta. Tão quieta. Tony persistiu.

— Foi tão real. Demos o nome daquele seu tio excêntrico. Qual era o nome dele?

— Tá bom — falou Pepper, aquiescendo com a cabeça. O tom de voz era amoroso, mas cético. Costumava ser esse o tom que ela utilizava quando falava com Tony.

— Morgan! — Tony mal acreditava que de fato havia se lembrado. — Morgan.

— E, então, você acordou...

— É claro. — Tony não era do tipo que perdia a piada, mesmo em uma conversa séria como esta.

—... e achou que estávamos... — Pepper olhou para Tony. O rosto dela era sincero e carinhoso. Tão amável.

— Esperando. — Uma única palavra. Tony esperava. O mundo parou por um instante.

— Aham — Pepper falou, sorrindo. O coração de Tony foi às alturas.

— Sim? — perguntou Tony.

Pepper balançou a cabeça com ênfase.

— Não.

— Eu sonhei com isso. Foi tão real — defendeu-se Tony, como se seus sonhos fossem tão incontestáveis quanto fatos, ou até mesmo quanto a ciência.

— Se quisesse um filho... — Pepper voltou sua atenção para a entidade reluzente no peito de Tony, um reator ARC em miniatura firmemente posto ali. Ela carinhosamente desentrelaçou o moletom dos ombros dele, tão familiariza-da e confortável com seu espaço pessoal. –... Não teria feito isto – disse, colocando o dedo na Tecnologia de Repulsão.

Tony olhou para baixo e, em seguida, deu um sorrisi-nho constrangido, tentando apaziguar a situação.

– Foi bom você ter mencionado isto aqui, porque não é nada. É só uma unidade de alojamento de nanopartí-culas – falou, acenando a mão em um gesto de descarte. Pepper balançou a cabeça, aturando com paciência o mesmo discurso que Tony sempre fazia quando ela men-cionava sua relação de dependência com a TR.

– Você não está se ajudando, viu? – A voz de Pepper era sarcástica e brincalhona enquanto ela jogava olhares para os céus e para longe do homem absolutamente frus-trante que ela não conseguia deixar de amar... apesar de ele reagir com perplexidade toda vez que ela falava da presença indelével da TR na vida deles. Para um gênio, Tony Stark às vezes podia ser incrivelmente tapado.

– Não, isso aqui é removível, não é um...

– Você não precisa disso. – Havia o Tony Stark que o mundo conhecia e o Tony Stark que Pepper conhecia. O Tony Stark que não precisava do minirreator ARC para ser incrível. Ela se perguntava por que, mesmo com toda a sua inteligência, ele não conseguia compreender essa simples verdade.

– Eu sei que fiz a cirurgia. Estou apenas tentando nos proteger... e proteger os "nós" futuros. E é só isso. Só caso haja um monstro no armário. Em vez de, tipo...

– Camisas – Pepper concluiu enquanto Tony se aproximava dela. A cada centímetro que desaparecia entre eles, a frustração dela com ele derretia.

– Você me conhece tão bem – disse Tony, com a voz suave.

– Céus... – Pepper falou, quase para si mesma.

– Você termina as minhas frases.

Pepper balançou a cabeça. Este homem. Este homem tão cabeça-dura, tão maravilhoso.

– Deveria ter camisas no seu armário.

– É. – Tony disse, melancólico. – Sabe o que deveria ter? Nenhuma surpresa. Vamos ter um belo jantar hoje à noite. – Tony levantou a mão esquerda de Pepper, fazendo o anel de diamantes de noivado brilhar ao sol. – Vamos exibir este Harry Winston. – Pepper riu. Ele sempre conseguia fazê-la rir. – É ou não é? *E* não deveríamos ter mais nenhuma surpresa. Nunca mais. Eu deveria prometer a você...

– Sim – respondeu Pepper, deixando-se levar por ele mais uma vez.

–... e vou prometer. – Tony aproximou-se para um beijo há muito aguardado. Ela fechou os olhos e o mundo sumiu como sempre sumia quando estavam juntos, como se mais nada existisse além dos dois e do amor deles.

– Obrigado – Tony sussurrou ao passo que ela sorria; os lábios deles ainda se tocavam.

– Tony Stark.

Com um giro, Tony e Pepper voltaram-se para a surpresa. Uma grande surpresa. Diante deles havia um portal rodopiante, flutuando no meio do ar. Dentro do portal estava o homem que pronunciara o nome de Tony. Um homem que nenhum deles conhecia. Um homem que os lembrou de que suas vidas nunca estariam livres de surpresas, não importava quantas vezes Tony prometesse.

O homem do portal falou:

— Eu sou o doutor Stephen Strange. Preciso que o senhor venha comigo.

Ao ver a reação de Tony e Pepper, Strange rapidamente se deu conta da ansiedade causada por sua chegada um tanto espetacular. Também lhe ocorreu que, a não ser que informasse a Tony Stark que ele era um aliado, a situação toda poderia ficar bem violenta. Ele tentou aliviar a tensão um pouco.

— Ah, é. Meus parabéns pelo casamento, a propósito.

— Com licença. Você tá distribuindo ingressos ou coisa do tipo? — Tony perguntou, em um tom abrupto, mantendo ele próprio e Pepper a uma distância segura.

— Nós precisamos da sua ajuda. — A voz de Strange era controlada e séria. Ele sustentou o olhar de Tony conforme prosseguia. — Veja bem, não é exagero dizer que o destino do universo está em jogo.

Tony não estava convencido.

— "Nós" quem?

Ao lado do Doutor Estranho, surgiu um homem que Tony Stark conhecia *muito* bem. Um homem que ele mandara embora, aliás, para evitar mais destruição.

Um homem que perdera de vista. Um amigo do qual sentiu saudades e cuja perda lamentou.

Bruce Banner.

– Oi, Tony.

– Bruce. – A voz de Tony estava amolecida e preocupada.

– Pepper – disse Bruce, aproximando-se do casal.

– Oi – respondeu Pepper. Sua voz estava encolhida e assustada diante do aspecto apavorado nos olhos do caro amigo.

– Tudo bem com você? – Tony perguntou logo antes de Bruce abraçá-lo. Tony olhava estarrecido para Pepper enquanto Bruce desmoronava nele.

Se Tony ainda precisava ser convencido, o semblante de Bruce foi suficiente para fazê-lo ir com eles.

Pouco tempo depois, dentro do Sanctum Sanctorum, Tony assistia a uma verdadeira aula de história dada por Wong.

– No início do universo, havia o nada. E então... – Wong movia as mãos, ao redor das quais se formavam discos místicos dourados. De modo a completar o encantamento, ele jogou as duas mãos para frente e a imagem de seis Joias se formou do nada, flutuando no espaço. – ... o *Big Bang* lançou seis cristais elementares pelo universo virgem. – As Joias se espalharam. – Cada uma dessas Joias do Infinito controla um aspecto essencial da existência.

O Doutor Estranho avançou até as imagens e apontou para cada Joia individualmente, citando seu respectivo aspecto.

– Espaço. Realidade. Poder. Alma. Mente. – Strange virou-se para Tony e revelou o Olho de Agamotto, pendurado em seu pescoço e emitindo um brilho verde. Ele fez um "x" com os braços e o Olho de Agamotto se abriu, revelando uma Joia verde e brilhante dentro dele. – E Tempo.

Tony sentiu algo se remexer no fundo de sua mente, algo que estava lá há seis anos.

– Me diga de novo o nome dele.

Bruce manifestou-se, com os horrores que avistara na *Estadista* refletidos em seus olhos.

– Thanos. Ele é como uma praga, Tony. Ele invade planetas, pega o que bem entende e extermina metade da população. – As palavras seguintes de Bruce confirmaram as suspeitas mais terríveis de Tony. – Ele enviou Loki. O ataque a Nova York, foi ele.

No mesmo instante, fantasmas que perseguiam Tony Stark desde que ele levara uma bomba nuclear ao espaço para acabar com a invasão dos Chitauris, momento no qual ele viu nas sombras algo que não deveria ter testemunhado. Tudo ficou claro. Finalmente.

– É isso – murmurou. Um plano começou a se formar na mente de Tony. – Quanto tempo temos?

Tudo que Bruce pôde fazer foi dar de ombros.

– Não tem como saber. Ele tem as Joias do Poder e do Espaço. Isso já faz dele a criatura mais forte em todo o universo. – A voz de Bruce amoleceu, como se não conseguisse conceber o futuro. – Se ele puser as mãos em todas as seis Joias, Tony…

Doutor Estranho interveio no mesmo momento em que Tony começou a andar de um lado para o outro, no fim parando para apoiar o braço em um vaso enorme ao lado da escadaria destruída.

– Ele poderia destruir vidas em uma escala outrora inaudita.

Tony olhou incrédulo para Strange. Ele levou um braço para trás para alongar os músculos da coxa enquanto se equilibrava no vaso, mantendo uma conduta decididamente casual, mesmo diante da informação estonteante que havia recebido.

– É sério mesmo que você falou "outrora inaudita"?

Tony não estava sendo condescendente, pelo menos não de propósito. Era apenas seu... Era assim que ele se preparava e digeria as informações. Se ele admitisse para si mesmo a gravidade da coisa – que, se Strange estivesse certo, o destino do universo estaria em jogo –, teria de admitir que a vida de Pepper estaria em jogo. E se a vida de Pepper estivesse em jogo, ele estaria sob sério risco de não conseguir pensar direito. Então, para ser de alguma serventia para os outros, ele precisava permanecer calmo. E isso significava manter uma situação descontraída. Mesmo na situação menos engraçada possível.

Apontando para o recipiente no qual Tony jogava seu peso, Doutor Estranho retrucou:

– É sério mesmo que você está se apoiando no Caldeirão do Cosmos?

Tony olhou o Caldeirão de cima a baixo. Apesar de seu imenso intelecto, por ser um homem das exatas, Tony não tinha familiaridade com relíquias místicas.

– É isso que essa coisa é? – ele perguntou, mais para si mesmo. De repente, a ponta da Capa da Levitação do Doutor Estranho subiu e deu um tapa na mão de Tony, tirando-a do Caldeirão.

Tony recuou, surpreso. Ele rapidamente disfarçou:

– Eu… vou deixar essa passar – disse, apontando para a Capa. Ele se afastou, com a mente acelerando, quando uma solução simples surgiu em sua mente. Ele voltou-se para Strange, apontando para o colar no pescoço do místico.

– Se Thanos precisa das seis, por que simplesmente não jogamos essa aí em um triturador?

– Não posso fazer isso. – Strange balançou a cabeça.

Wong deu uma explicação:

– Fizemos um juramento, garantindo que protegeríamos a Joia do Tempo com nossas vidas.

Tony pensou nisso por um momento… e desconsiderou.

– Bem, eu jurei que não comeria mais laticínios, mas aí o Ben & Jerry's deu meu nome para um sabor, então…

– Delírio de Avelãs Stark – Strange complementou.

– Nada mal – Tony observou, em desafio.

– Um pouco farinhento – Strange corrigiu, indiferente.

– Fudge do Hulk Raivoso é o nosso favorito – disse Wong, ao lado de Bruce.

– Isso existe? – Bruce perguntou a Wong, incrédulo.

Tony interrompeu a conversa.

– Que seja. A questão é: as coisas mudam.

Doutor Estranho era inflexível em seu veredito.

– Nosso juramento de proteger a Joia do Tempo não pode mudar. – Ele voltou sua atenção para o brilho esmeralda do Olho de Agamotto suspenso por seu pescoço. – E esta Joia talvez seja a nossa melhor chance contra Thanos.

– É, então, por outro lado, talvez também seja a melhor chance dele contra nós. – Tony manteve sua posição.

– Bem, se não fizermos nosso *trabalho*. – A voz de Strange ficou grave.

– E qual é seu trabalho, exatamente? Além de fazer animais de bexiga? – Tony disparou.

Strange observou Tony e deixou o silêncio rodeá-lo. É claro que ele sabia da importância e do valor de Tony para o mundo no geral. Claro que valorizava tudo o que ele havia feito. Mas calma lá. Não significava que ele precisava gostar do sujeito. Strange foi deliberado e direto ao ponto ao falar; seus olhos nunca se desviaram dos de Tony.

– Proteger a sua realidade – Strange disse sem medo ou hesitação.

– Tudo bem, pessoal – falou Bruce, dirigindo-se aos dois. – Podemos deixar essa discussão de lado por enquanto? – ele se colocou entre os dois homens em desacordo. Um ligeiro sorriso surgiu nos lábios de Strange quando Tony não pôde retrucar ou dar a última palavra. Bruce apontou para a Joia do Tempo pendurada no pescoço do doutor. – O fato é que temos *esta* Joia. Sabemos onde ela está. O Visão está por aí, em algum lugar, com a Joia da Mente e precisamos encontrá-lo agora mesmo. – Ele precisava convencer Tony e Strange a pararem com aquela briguinha para que pudessem elaborar um plano melhor. Tendo testemunhado Thanos em primeira mão, Bruce ficava arrepiado em pensar no titã com qualquer Joia a mais em mãos.

– Bem, é aí que está o problema. – Tony coçou a cabeça, um hábito de nervosismo e uma pista para Bruce de que havia algo incomodando sua mente.

– Como assim? – perguntou Bruce, nervoso.

Tony tentou dar a notícia com o máximo de delicadeza possível.

– Duas semanas atrás, o Visão desativou o próprio transponder. Ele está fora da rede.

– O quê? – Bruce perguntou, abismado que Tony tivesse permitido que isso acontecesse de novo.

– Pois é.

– Tony, você perdeu mais um super-robô? – Bruce temia o pior, já que da última vez que isso tinha ocorrido, Ultron nascera. E ele foi parcialmente responsável por isso, um erro que ele tinha pavor de que ocorresse novamente.

Tony logo buscou aliviar sua preocupação.

– Eu não o perdi. Ele é mais do que isso. Ele está *evoluindo*.

– Quem poderia encontrar o Visão, então? – A voz do Doutor Estranho era profissional; ele tentava manter a concentração no assunto do momento. Tony afastou-se dos outros, e foi nesse momento que a resposta lhe ocorreu.

Tony xingou silenciosamente. Quem poderia encontrar o Visão? A última pessoa na Terra que ele queria ver era a única opção na qual ele conseguia pensar.

— Provavelmente Steve Rogers — murmurou.

— Ah, maravilha — falou Strange, afastando-se de Tony.

— Talvez — Tony evadiu, incapaz de olhar para Bruce. — Mas... — Não dava. Não conseguia dizer em voz alta. O silencio se ampliava.

— Ligue para ele —Bruce suplicou.

— Não é tão simples assim — admitiu Tony. Dentro de sua cabeça, exaustão, vergonha e arrependimento pulsavam. Ele voltou o olhar para Bruce e uma imensa onda de emoções o atingiu no momento em que percebeu quanta saudade sentira do amigo. — Meu Deus, a gente não se vê há um tempo, né?

— Não — respondeu Bruce, desesperadamente querendo entender.

Tony balançou a cabeça, afastando da mente tudo que ocorrera desde a última vez em que vira Bruce. As partes boas e as partes ruins. Coisas que não eram culpa dele e outras que definitivamente eram.

— Os Vingadores se separaram. A gente já era.

— Se separaram? — A mente de Bruce acelerou. — Tipo uma banda? Tipo os Beatles?

— O Capitão e eu brigamos feio. A gente não está se falando.

Bruce olhou para Tony e se deu conta de que ele ainda não havia entendido. Sentiu-se como se estivesse lidando com duas crianças que brigaram no recreio. A magnitude do que estavam prestes a enfrentar ia muito além de uma animosidade entre companheiros de equipe. Ele precisava fazer Tony entender que a devastação que Thanos traria a eles era muito mais catastrófica que uma briga mesquinha.

— Tony, me escute. Thor se foi. — O nome de Thor ficou preso na garganta de Bruce. O pesar e o trauma do que ele havia visto ainda estavam frescos demais. — Thanos está *a caminho*. Não importa com quem você está ou não está falando.

Tony lutou para digerir o que o amigo havia dito. Em seguida, afastou-se da crítica no olhar de Bruce e, com relutância, pegou um celular *flip* e o abriu. Havia um único contato: Steve Rogers. Tony ainda não o havia usado, mas nunca poderia imaginar que esse dia chegaria. Enquanto contemplava a ideia de ligar para o Capitão, um tremor profundo passou pelo Sanctum. Com o celular ainda aberto em mãos, Tony olhou ao redor do Sanctum em busca de algo que explicasse essa sensação cada vez mais retumbante. Ele se virou para ver se mais alguém ouvia e sentia esse distúrbio. Por fim, olhou para o Doutor Estranho. O topete do sujeito estava balançando bem de leve, de um lado para o outro.

— Ei, doutor, por acaso você não está mexendo o próprio cabelo, ou está?

Atônito pela pergunta esquisita, Strange olhou para o homem.

– Não, não neste momento.

Ao mesmo tempo, Wong, Doutor Estranho, Tony e Bruce olharam para cima, para a fonte da brisa: a claraboia quebrada no alto do salão superior. A brisa começou a ficar ligeiramente mais forte. Ao perceberem isso, os sentidos deles se voltaram para o som de pessoas gritando nas ruas e de alarmes de carro disparando. Bruce recuou com uma fisionomia de terror absoluto. Ele era o único entre eles que sabia exatamente o que havia do outro lado daquela barulheira.

E isso significava que ele carregava o fardo de entender o quão assustadora de fato era a coisa que os aguardava do lado de fora.

Tony abriu a porta da frente do Sanctum com delicadeza, mas ela abriu com força ao toque, empurrando-o com uma onda de vento e detritos.

Do lado de fora, os heróis viram dezenas de pessoas fugindo do que parecia ser um tornado no meio de West Village. Poeira, papéis e até mesmo carros eram erguidos e levados pelos ares, obstruindo visões e aumentando o caos.

Tony estava no meio de tudo isso. E, conforme o pandemônio corria ao redor dele, ele se retesou e pôs-se a trabalhar, com Strange, Wong e Bruce indo atrás dele. Tony Stark podia não ser o melhor em explicar sonhos premonitórios para a noiva, manter contato com amigos há muito distantes ou ler sinais sociais de que uma situação não pedia leveza; mas salvar pessoas?

Nisso ele era bom.

Tony atravessou correndo os grupos de pessoas que fugiam do que quer que fosse a raiz daquele estrondo misterioso.

— Você está bem? — perguntou a uma mulher caída logo antes de uma colisão entre um carro e um poste ocorrer a uma proximidade nada confortável.

— Ajudem-na! — Tony ordenou a Banner e Wong. — Acordem!

— Pode ir! Deixa com a gente! — disse Bruce, sinalizando para que Tony seguisse adiante. Wong e Banner entraram em ação, ao passo que Tony colocou seus óculos escuros e a interface neles se iluminou.

— SEXTA-FEIRA, o que está acontecendo? — Tony perguntou à sua mais recente ajudante computadorizada.

— Não sei ao certo. Estou tentando descobrir — respondeu SEXTA-FEIRA; seu tom irlandês calmo e alegre contrastava com a anarquia pura ao redor deles.

Tony virou-se para Strange, que estava logo atrás.

— Ei, doutor! Não acha melhor colocar essa sua Joia do Tempo no bolso traseiro?

Strange seguiu o olhar de Tony. Seu rosto ficou soturno. Ele fez gestos bruscos com os braços e discos dourados se formaram ao redor dos seus pulsos.

— Posso querer usá-la. — O tom de voz era tenebroso.

Os quatro detiveram-se quando o motivo do pânico e da destruição foi revelado. Flutuando nas alturas, acima dos edifícios, havia uma nave em forma de anel, girando verticalmente. Não havia nada parecido na Terra. O que só podia significar uma coisa.

O tempo havia acabado.

CAPÍTULO 3

117

O ônibus escolar amarelo do Condado de Queens, cheio de adolescentes barulhentos, atravessava a Ponte do Queensboro no sentido de Manhattan. Os estudantes da Escola Midtown de Ciência e Tecnologia vibravam de empolgação com o início da excursão. No entanto, algo diferente vibrou em Peter Parker no momento em que ele sentiu os pelos do braço se levantarem. Ele prontamente cobriu os pelos eriçados e sondou o horizonte atrás de perigos próximos.

Era isso. Ele tinha de fazer algo a respeito. Foi como disse ao senhor Stark no primeiro dia em que se viram, quando foi visitado por ele. Naquele dia em que Peter tentou mentir que todos aqueles vídeos do Homem-Aranha no YouTube eram manipulados digitalmente, que eles não eram reais e que aquele definitivamente *não era* ele. É claro que o senhor Stark não acreditou. Ele não engoliu nenhuma das mentiras.

O senhor Stark não visitou Peter aquele dia porque achava que ele era o Homem-Aranha. Ele visitou Peter naquele dia porque *sabia* que ele era o Homem-Aranha.

Em meio a toda aquela esquisitice e separação de si mesmo que acompanhavam sua transformação em Homem-Aranha, aquela conversa com o senhor Stark fez Peter se sentir... ok. Normal, até. Algo que ele nunca achou que sentiria novamente.

Peter sabia que ele deveria sentir essas coisas sem precisar da aprovação do senhor Stark. Que o amigo da vizinhança, o Homem-Aranha, não precisava da aprovação de super-heróis filantropos multibilionários para ajudar as pessoas no seu bairro. Mas que seja. Não importa. Talvez outra hora. Porque naquele momento, Peter queria a aprovação do senhor Stark mais do que qualquer coisa no mundo.

Impressionar o senhor Stark havia virado algo como um passatempo para Peter nos últimos meses. Pois, se ele conseguisse impressionar o senhor Stark, poderia ser convocado para o alto escalão e finalmente virar, de fato, um dos Vingadores, e não só participar de uma luta na Alemanha cujos adversários eram outros Vingadores, o que foi tão... bem, definitivamente não foi o alto escalão. E se ele conseguisse virar um dos Vingadores, poderia finalmente – e oficialmente – ser mais útil. Porque era como ele havia dito ao senhor Stark na primeira vez em que ele foi à sua casa: quando você é capaz de fazer as coisas que Peter é capaz, mas não faz nada, e depois coisas ruins acontecem, elas acontecem *por sua causa*. Pelo menos era assim que Peter se sentia.

Olhando da janela do ônibus para a região de Midtown Manhattan, Peter avistou a nave anelar rodando cada vez mais rápido. Ele voltou o olhar para os colegas no ônibus para ver se mais alguém havia notado. Ninguém. Só ele. Para variar.

Ainda olhando para a turma no ônibus, Peter estendeu o braço até o assento à frente, onde seu melhor amigo, Ned, estava sentado, com a bênção da ignorância sobre qualquer perigo iminente. Às pressas e sem olhar, Peter tateou onde Ned deveria estar, tentando chamar a atenção dele. Distraído, cutucou o antebraço de Ned, depois o ombro, depois a bochecha, depois a lateral do crânio. Enfim, Ned tirou com calma o fone de ouvido e se virou para ver qual era o problema de Peter.

– Ei, Ned. Preciso que você crie uma distração – disse Peter. Sua voz era urgente, quase frenética.

Ned olhou para além do ombro de Peter e viu a nave em forma de anel, imediatamente entendendo a urgência do amigo.

– Mano do céu – falou Ned, totalmente surtado. Peter esperou um intervalo precioso de alguns segundos enquanto o amigo entrava em ação, dando a Peter a situação que ele precisava. – A gente vai morrer! Tem uma nave ali! Ai, meu Deus! – gritou Ned, correndo para o fundo do ônibus para "ver melhor" a espaçonave alienígena no horizonte de Manhattan. Os outros alunos rapidamente se juntaram e olharam para o lado do ônibus para o qual Ned apontava. E, justamente como Peter havia pedido ao melhor amigo, deu-se início a um pandemônio (e a uma bela distração).

Peter remexeu a mochila e pegou seus lançadores de teia, colocando-os nos pulsos. Ao localizar uma janela com saída de emergência do outro lado do ônibus, Peter usou o lançador para puxar a alavanca. Com um puxão ligeiro, a alavanca cedeu e a janela se abriu. Peter já estava fora do seu assento, do outro lado do corredor e fora da janela antes que alguém percebesse.

Enquanto seus colegas continuavam a surtar diante da visão de um veículo extraterrestre, Peter ouviu o motorista do ônibus pedir ordem, exasperado:

– Qual é o problema, rapaziada? Nunca viram uma nave espacial antes?

Agora pendurado na lateral do ônibus, Peter rapidamente cobriu o rosto com a máscara do Homem-Aranha. Em seguida, pegou no ônibus sua mochila e, usando os lançadores, atirou-se contra o ônibus por cima de duas pistas. Ele fez um movimento de pêndulo abaixo da Ponte do Queensboro, atravessando com suas teias o East River – a caminho de assegurar que as coisas ruins acontecessem um pouco menos com ele por perto.

Do lado de fora do Sanctum Sanctorum, as ruas estavam mais caóticas a cada segundo. Tony avançou contra a ventania brutal causada pela presença da nave, agachando-se atrás da porta aberta de um veículo abandonado. Ele tocou o comunicador na orelha e chamou seu sistema de inteligência artificial.

– Sexta-feira, evacue todos ao sul da Rua 43. Avise socorristas e autoridades.

– É pra já – apresentou-se a voz feminina computadorizada. Por toda a cidade de Nova York, Sexta-feira mudou semáforos para o vermelho; mandou alertas de emergência para todos os departamentos de polícia, bombeiros e ambulâncias para ajudar os feridos; e, por fim, fechou todos os acessos ao sul de Manhattan por pontes e túneis.

Strange andava audaciosamente no meio da rua, logo atrás de Tony. Concentrado e determinado a resolver pelo menos um dos problemas diante deles nesta manhã, ele levantou os braços na direção da nave e conjurou tiras místicas ao redor dos pulsos. Em seguida, produziu uma magia que envelopou a nave responsável por tudo aquilo dentro de uma bolha própria, enfim acabando com os ventos retumbantes de uma vez por todas. Os papéis e os destroços baixaram ao chão ao passo que um silêncio perturbador se formava ao redor deles.

Strange baixou os braços, olhou para um Tony Stark impressionado a contragosto e deu uma piscadela. Com o rugido do vento agora contido, Tony tinha de admitir que Strange fora útil. Mas isso não significava que tivesse de reconhecê-lo. Em vez disso, deu a ele o relance mais reprovador que conseguiu – torcendo para que um exibido arrogante repreendendo outro exibido arrogante por exibir-se com arrogância não destruísse o contínuo espaço-tempo ou coisa do tipo. É claro, o olhar ríspido de Tony não afetou nem um pouco o Doutor Estranho. De várias maneiras, Strange e Stark eram mais parecidos do que qualquer um dos dois estaria disposto a admitir.

Acompanhados por Bruce e Wong, eles começaram a andar em direção à nave e, nesse momento, um raio de energia emanou de cima para baixo, encontrando o chão uns nove metros à frente dos heróis. Conforme o raio enfraquecia, duas silhuetas se revelavam: uma esguia, outra enorme. Tony examinou a dupla da melhor maneira que pôde, mas se viu totalmente perdido, o que era quase tão irritante quanto a piscadela teatral de Strange que havia acabado de testemunhar.

– Ouçam-me e regozijem-se. – A voz cortante de Fauce de Ébano atravessava a poeira que baixava enquanto ele e Seletor Obsidiano surgiam. – Vocês estão prestes a morrer pelas mãos dos Filhos de Thanos. – Seletor Obsidiano ainda disse algo em sua língua materna, uma série de grunhidos e rosnados, que soava vil. Fauce prosseguiu, e Tony ficou cada vez mais impaciente: – Sejam gratos por vossas vidas insignificantes agora con...

– Sinto muito, mas a Terra hoje está fechada – interrompeu Tony, categoricamente. – É melhor juntar suas coisas e dar o fora.

Ignorando Tony por completo, Fauce de Ébano virou-se para o Doutor Estranho. A Joia do Tempo estava praticamente zunindo de energia ao redor do pescoço do Mestre das Artes Místicas.

– Guardião da Joia – disse Fauce. Ele olhava deliberadamente para Strange, que ergueu uma sobrancelha diante do pronto conhecimento dessa criatura sobre ele. – Este animal tagarela fala em vosso nome?

– Definitivamente, não – Strange respondeu, dando um passo à frente. – Falo por mim mesmo. – Strange conjurou as tiras místicas ao redor dos pulsos mais uma vez e produziu duas mandalas protetoras. – Você está violando os limites desta cidade e deste planeta. – Wong, logo atrás, também avançou, com suas mãos igualmente brilhando com mandalas protetoras.

— Isso quer dizer: "Se manda, Lula Molusco" — Tony gritou à distância, ainda doído por aquela história de "animal tagarela".

Exasperado, Fauce de Ébano suspirou. Sentindo o desejo de lutar de Seletor Obsidiano, ele gesticulou a mão fina na direção do quarteto diante deles.

— Ele me deixa exausto — disse Fauce, ao que Seletor Obsidiano respondeu em seu idioma ininteligível, erguendo a arma em posição de batalha. — Traga-me a Joia.

Após essas palavras, Seletor Obsidiano grunhiu em concordância e bateu seu martelo mastodôntico no asfalto de Nova York, rachando-o como se fosse a mais fina camada de gelo.

Ao ver o alienígena se aproximar, Tony virou-se para Bruce com um sorriso sardônico no rosto.

— Banner, quer participar?

Bruce encolheu-se.

— N-não. Na verdade, não — disse, tímido. — Mas desde quando as coisas são do jeito que eu quero?

— Esse é o espírito — encorajou Tony, com tapinhas nas costas do amigo. Banner ignorou e espremeu os olhos, concentrando-se.

— Ok. Força! — ele resmungou, evocando "o outro cara".

— Faz um tempo. É bom ter você por aqui, amigão — disse Tony.

– Ok. Shh. Só me deixe... eu preciso me concentrar por um segundo. – O rosto de Banner se contorcia e seu peito começava a inchar, adquirindo um tom esverdeado.

Mas depois o momento passou. E nada aconteceu.

Seletor Obsidiano aproximava-se, acertando com seu martelo os carros chamuscados nas laterais da rua rachada e partida. Strange lançou um olhar para Stark e Banner, perguntando-se o quanto deixariam o inimigo avançar para perto deles antes de, sabe, defenderem-se ou, ora essa, fazerem qualquer coisa que fosse.

– Vamos, vamos, droga! – Bruce grunhiu e a transformação começou novamente... e rapidamente retrocedeu. Wong, desconfortável, remexeu-se, sem saber se devia intervir ou manter distância de Bruce e do que quer que ele pensava estar fazendo.

– Cadê o seu cara? – Tony perguntou depois que o tom verde desapareceu do pescoço de Banner mais uma vez, encerrando qualquer possibilidade de trazer o "outro cara" e enfrentar Seletor Obsidiano com força bruta. Frustrado e se perguntando por que aquele era o momento em que ele descobria o quanto o amigo de fato mudara naqueles anos em que não se viram, Tony aguardava uma resposta.

Bruce parecia constrangido.

– Não sei. A gente meio que tem tido problemas um com o outro.

Strange e Wong preparavam-se para lutar quando Tony, tentando esconder sua frustração, se aproximou de Banner e deu um soco "esportivo" no ombro dele. O incentivo de Stark logo se tornou algo mais próximo de uma ameaça conforme Seletor Obsidiano se aproximava a passos pesados.

– Não temos tempo para problemas. O problema está bem *ali* – disse, apontando para Seletor, cada vez mais perto. – Vamos.

– Eu sei. É que... – Banner tensionou-se de novo, mas nada aconteceu.

Strange virou-se e olhou incisivamente para Stark. Era um olhar com precisão de laser, uma combinação adorável de decepção e irritação, beirando à indignação e à repulsa. Tony afastou-se do olhar justificadamente enfurecido do doutor e voltou-se para seu amigo, que bufava, ofegava... e definitivamente não era um Hulk.

Tony inclinou-se e murmurou.

– Cara, você está me deixando mal na frente dos magos.

Corado, Bruce rogou:

– Desculpe. Eu... Ou eu não consigo, ou ele não quer, ou, sei lá, eu não...

– Calma, tudo bem. Pode parar – disse Tony, envolvendo Bruce com um braço conciliatório. Em seguida, Stark empurrou Banner com carinho para perto de Wong, deixando o amigo sob a proteção das mandalas do místico. Ele apontou para Bruce. – Fique de olho nele. Obrigado.

– Pode deixar – disse Wong, ficando à frente de Bruce com uma postura protetora.

– Droga – Banner desabafou, confuso e frustrado por não saber por que isso estava acontecendo e, mais importante, por não ser capaz de ajudar seus amigos contra o que ele sabia serem os inimigos mais mortais que já haviam enfrentado.

Enquanto Seletor punha seu corpo gigantesco em disparada, Tony deu um tapinha nas costas de Bruce e avançou. Ele puxou dois cordões, um em cada lateral de sua jaqueta. De repente, sua roupa ficou justa, como uma roupa de mergulho preta, com a TR brilhando no centro do peito.

Ao passo que Seletor se aproximava, Tony, por sua vez, avançava para encontrar o colosso. Ele deu um toque na TR e milhões de partículas escorreram e começaram a formar uma versão esguia da armadura do Homem de Ferro ao redor do corpo de Tony.

Ao perceber que teria uma luta de verdade, Seletor Obsidiano ergueu o martelo conforme avançava e levou-o para baixo com força. Sem parar, o Homem de Ferro ergueu o braço e um escudo triangular se formou para bloquear o golpe. Com um estrondo poderoso, o martelo acertou o escudo e o avanço do alienígena foi interrompido. Seletor Obsidiano deu um passo para trás, desorientado pela força do impacto.

De repente, dois pares de arcos metálicos saíram das costas do Homem de Ferro e, emitindo luzes azuis, miraram em Seletor Obsidiano. No momento em que eles fixaram suas posições, soltaram mísseis que foram direto de encontro ao inimigo, arremessando-o de volta para Fauce de Ébano, que, com um aceno sutil, usou sua telecinesia para prontamente desviar o enorme Seletor, jogando o "querido" irmão na lateral de um carro abandonado.

— De onde veio *isto*? — disse Bruce, boquiaberto com os novos brinquedos do amigo. O Homem de Ferro olhou para trás, contente por finalmente ter algo para ostentar na frente de Strange e de Wong.

— É nanotecnologia. Gostou? É uma coisinha que... — Tony foi interrompido por Fauce de Ébano, que usou seus poderes no entulho sob o Homem de Ferro para levantá-lo, mandando-o pelos ares.

Fauce de Ébano tinha uma única coisa em mente. Uma missão. Pegar a Joia do Tempo e levá-la a Thanos. Todo o resto era uma distração. Com outro gesto de mão, mandou uma árvore desenraizada em direção a Wong e Banner, buscando deixar Strange sozinho. Wong agiu rápido e colocou uma barreira mística ao redor deles. A árvore se dissolveu ao acertar o escudo.

Sem poder garantir que Banner continuaria seguro, Strange percebeu que tinha de deixá-lo o mais longe possível da batalha. Ele virou-se para Bruce, fez um movimento circular brusco com o braço e abriu um portal atrás do cientista.

— Doutor Banner — Strange orientou com a voz calma e controlada. — Visto que seu amigo verde não se juntará a nós...

Sem terminar a frase, Strange o fez atravessar o portal... e Banner se viu caindo um metro e meio acima do chão, no meio do Washington Square Park, a duas quadras de onde estava. Bruce caiu no chão com um baque nada solene. Ele rapidamente desviou-se da metade traseira de um táxi que havia entrado por acidente no portal e foi cortado ao meio quando ele se fechou.

Na área onde a batalha ocorria, Strange e Wong conjuraram mandalas protetoras enquanto Fauce de Ébano continuava a lançar carros na direção deles. O Homem de Ferro veio zunindo do céu, pousando entre Wong e Strange, e acertou o carro em trajetória, rebatendo-o para Fauce, que, sem esforço, partiu o carro ao meio com sua mão languidamente levantada e sua telecinesia potente. Antes que Fauce arremessasse outro carro, o Homem de Ferro usou aquele precioso momento para se voltar a Strange e apresentar um plano.

— Essa Joia precisa sair daqui, agora — o Homem de Ferro disse a Strange.

— Ela fica comigo — Strange contestou com a voz resoluta.

— Exatamente. Tchauzinho. — Sem hesitar, o Homem de Ferro saiu do chão e disparou em direção a Fauce de Ébano. Ele iria trazer a luta para perto dele, em vez de ficar lá parado esperando a próxima coisa que Fauce jogasse no colo deles. Literalmente. Se a Joia do Tempo era o que ele queria mesmo, então o Homem de Ferro tornaria o processo de obtê-la o mais difícil e irritante possível.

Seletor Obsidiano, recuperado do último ataque, viu seu oponente e balançou o martelo. A ponta pesada desconectou-se, ainda presa por uma corrente, e voou na direção do Homem de Ferro, acertando-o de frente no peito. Girando o pulso, Seletor trocou a direção do martelo e afastou o Homem de Ferro do chão, fazendo-o atravessar um prédio à força.

Havia pedras e entulho por toda parte, mas as ruas estavam sem civis enquanto Fauce de Ébano e Seletor Obsidiano davam continuidade a sua trilha de destruição. Seletor foi atrás do Homem de Ferro.

Com o seu sistema de navegação por foguetes temporariamente fora do ar devido ao golpe de Seletor Obsidiano, o Homem de Ferro percorreu o céu e foi de encontro a uma árvore no Washington Square Park. Bruce correu até o amigo caído.

— Tony, você está bem? — perguntou. Os braços e as pernas do Homem de Ferro estavam estirados na minicratera formada quándo ele veio ao chão. — Como estamos indo? Bem? Mal?

— Muitíssimo bem, uma maravilha — disse o Homem de Ferro, sarcástico. Seu plano ingênuo de ir para cima de Fauce de Ébano agora eram estrelinhas em sua cabeça que zunia. — Está considerando nos ajudar?

— Estou tentando. Ele não quer sair — disse Bruce, ainda confuso e envergonhado pela incapacidade.

Antes que o Homem de Ferro pudesse continuar a conversa sobre a crise existencial do amigo, o martelo de Seletor Obsidiano acelerou pelo Washington Square Park, com a mira em Bruce.

– Martelo! – o Homem de Ferro gritou antes de pular e empurrar Bruce para fora do caminho.

O martelo de Seletor Obsidiano passou voando por onde, segundos antes, estava a cabeça de Bruce Banner. Com Bruce fora de perigo, o Homem de Ferro virou-se para Seletor Obsidiano e disparou raios repulsores com as duas mãos. Seletor defletiu os tiros com o escudo, mandando as rajadas de energia para direções diferentes.

Uma das rajadas refletidas cortou uma árvore ao meio, e Bruce teve de desviar desajeitadamente para evitar ser esmagado. Era sério mesmo? Uma árvore caída – e nem sequer uma árvore grande, aliás – bastaria para dar fim à criatura que costumava ser uma das mais temidas do universo? Bruce saiu engatinhando debaixo dos galhos e fechou os punhos, frustrado.

– Qual é, Hulk? O que você está fazendo comigo? Vem pra fora! Vem! Vem! – exigia, estapeando o próprio rosto como uma marca de pontuação para cada pedido.

Por um instante, o rosto de Bruce transformou-se no de Hulk.

– NÃO! – berrou Hulk com força… antes de se transformar novamente em Banner.

Bruce caiu para trás, atônito com o motim em andamento dentro de si. Deitado de costas, rodeado pelos ramos da Árvore Maligna Que Quase O Matara, gritou, indignado:

— Como assim, "não"? — Bruce havia perdido a paciência. Mas não houve resposta.

A batalha entre Seletor Obsidiano e Homem de Ferro continuava no parque. Para a surpresa de Tony Stark, a pele grossa do inimigo e a arma com tecnologia alienígena continham a maioria de suas rajadas. Ele precisava pensar em algo rápido, porque, independentemente do que essa luta estava virando, até ele sabia que não seria sustentável por muito tempo. Já havia enfrentado força física pura antes e vencido. Isto era diferente. O Homem de Ferro logo percebeu que Seletor Obsidiano era mais do que mera força bruta.

Seletor Obsidiano acertou um golpe poderosíssimo, lançando o Homem de Ferro por um pequeno gramado. Feliz por não ter sido concreto dessa vez, o Homem de Ferro conseguiu parar, deitado de barriga para baixo completamente vulnerável para Seletor, que vinha rápido. Desorientado e exausto, o Homem de Ferro demorou a perceber o martelo enorme vindo para cima dele. Contudo, percebeu a queda do martelo no mesmo momento em que notou o fato de que sua trajetória até ele havia parado. Virando-se, o Homem de Ferro viu o responsável por aquilo.

Sobre o Homem de Ferro estava ninguém mais, ninguém menos que seu recruta mais jovem, o Homem-Aranha, que refreava a martelada de Seletor Obsidiano como se estivesse tentando abrir uma janela emperrada.

— E aí, cara? — o Homem-Aranha acenou com a cabeça para Seletor Obsidiano. Virando-se para o Homem de Ferro, que ainda estava deitado no chão, falou com uma reverência não muito disfarçada. – O que é que há, senhor Stark?

A voz de Peter tinha mais exuberância e leveza que nunca, algo que Tony admirava secretamente, mas que também temia. Sentia-se responsável pelo garoto e, embora fosse grato pela ajuda, sentia um impulso imediato e ardente de ordenar que o Homem-Aranha ficasse tão longe quanto pudesse dessa história toda de Thanos. Se o que Bruce havia dito era verdade, essa batalha não era lugar para alguém tão inexperiente e imbatido quanto Peter Parker.

Ao mesmo tempo, Tony sabia que não havia nada que pudesse fazer para manter Peter longe. Assim como Tony, Peter tinha um código de conduta. Salvar pessoas. Impedir coisas ruins. Quem era Tony para ficar entre um homem e seu código? Mesmo que o homem em questão fosse um adolescente – um garoto – e o "código" fosse mais como um conjunto de conceitos que o garoto provavelmente expressaria melhor com *tweets* e atualizações de Instagram.

Avaliando rapidamente a situação, Tony decidiu deixar Peter lutar, mas também não hesitaria em mandá-lo para o banco caso as coisas ficassem além do escopo com o qual Peter era capaz de lidar. Havia prometido que o manteria seguro, seja lá o que isso significasse para pessoas como Tony e Peter.

– Garoto! De onde você veio? – perguntou o Homem de Ferro; sua voz soou mais aliviada e agradecida do que ele gostaria.

— Uma excursão para o MoMA — o Homem-Aranha respondeu logo antes da mão gigantesca de Seletor Obsidiano agarrá-lo e arremessá-lo para o outro lado do parque. O Homem-Aranha chocou-se com um chafariz, a vários metros de distância. Ele se levantou e lançou sua teia em uma árvore para impulsionar-se de volta à luta.

— Qual é a desse cara, senhor Stark? — Peter perguntou enquanto o Homem de Ferro circundava Seletor, tentando encontrar um ponto fraco enquanto soltava rajadas no inimigo.

— Bem, ele é do espaço. E veio roubar o colar de um mago — se algum dia houve uma frase mais ridícula dita em voz alta, Tony nunca ouviu.

Entre zunidos e "THWIP" ao redor do invasor, o Homem-Aranha logo se viu na inconveniência de estar preso dentro da enorme arma de Seletor, que adquirira a forma de uma garra.

— Ei, ei, ei! — o Homem-Aranha gritou enquanto Seletor girava cada vez mais o super-herói apreendido, por fim lançando o menino para sabe-se lá onde, arremessando em seguida meio táxi, só para garantir.

Mas o Homem-Aranha não apenas obteve controle sobre sua trajetória violenta e um tanto indesejada como também viu o carro voando na direção dele e agilmente usou seus lançadores de teia para laçá-lo e jogá-lo de volta em Seletor Obsidiano. O veículo caiu com tudo em cima de Seletor, finalmente dando ao Aranha e ao

Homem de Ferro um segundo para respirarem e tentarem se recompor antes do segundo *round*.

Do lado de fora do Sanctum Sanctorum, Doutor Estranho e Wong enfrentavam ataques de Fauce de Ébano. Usando seus poderes, Fauce transformou uma pilha de tijolos em estacas afiadas e as enviou a toda velocidade para cima dos místicos. Strange abriu um portal em sua frente e Wong abriu outro diante de si mesmo. As estacas entraram no portal de Strange e imediatamente saíram no de Wong, voltando aceleradas para Fauce, que ficou chocado em ver suas próprias armas apontadas para seu rosto alongado. Desacostumado a ser desafiado de qualquer modo que fosse, Fauce agiu mais devagar que de costume, e foi assim que uma de suas próprias estacas criou um sulco sangrento em sua face acinzentada e enrugada. Com sua fachada de impenetrabilidade perdida, Fauce de Ébano usou um hidrante próximo para neutralizar Wong. Toda a sua atenção estava novamente em Strange e na Joia do Tempo.

Mas no milésimo de segundo no qual Fauce estava concentrado em Wong, Doutor Estranho fez um movimento de mão e conjurou um chicote mágico. Ele acertou Fauce e a arma de energia dourada envolveu o alienígena. Strange puxou o chicote e trouxe o adversário até ele à força.

Fauce de Ébano voava rumo a Strange, mas, para o horror do mago, Fauce havia feito o chicote mágico desaparecer. Strange preparou-se para o impacto, mas se viu removido do chão. Fauce usou sua telecinesia para colocar o místico contra a parede de tijolos de um prédio próximo. Agora com ambos de cabeça para baixo, Fauce de Ébano enterrou Strange na parede, cobrindo o corpo do místico tijolo a tijolo.

– Vossos poderes são curiosos. Deves fazer sucesso com crianças – provocou Fauce.

Com um sorriso arrogante, ele aproximou a mão do Olho de Agamotto; seus olhos brilharam ao ver a Joia do Tempo. Mas quando o tocou, Fauce gritou de dor. O colar havia queimado a palma de sua mão.

– É um feitiço simples, mas que não dá para quebrar – disse Strange com confiança, ainda parcialmente soterrado pelos tijolos.

Os olhos escuros de Fauce de Ébano estreitaram e seus lábios se retorceram de ódio.

– Então o tirarei de seu cadáver.

Em um surto de frustração, Fauce de Ébano pegou Strange pelo colarinho e jogou-o para a rua. Strange foi de encontro ao chão e rolou com segurança, encerrando o movimento de joelhos. Com uma expressão de concentração intensa, Strange fez um "X" com os braços, depois levou-os para os lados, ativando o Olho de Agamotto com rapidez e eficiência. Ele abriu, revelando a Joia do Tempo, que cintilava. As tiras verdes brilhantes circundavam os antebraços do místico, mas antes que ele pudesse evocar seu poder, um tremor profundo veio do chão ao mesmo tempo em que dezenas de canos de metal e vergalhões brotaram do asfalto, envolvendo o corpo do Doutor Estranho. O Olho de Agamotto fechou-se enquanto um cano de metal girava ao redor do pescoço de Strange. Conforme os metais contraíam, imobilizando-o, Strange soltou um grunhido de dor.

Debatendo-se contra as amarras, Strange olhou para Fauce.

— Você terá dificuldades em desfazer o feitiço de um homem morto. — As palavras de Strange podem até ter sido fortes, mas sua dificuldade de respirar tornou a pronúncia delas fraca e completamente embotada. Fauce sorriu maliciosamente.

— Vais apenas *desejar* estar morto. — Fauce cerrou o punho e a gaiola metálica envolvendo Strange contraiu-se ao redor dele, incapacitando o místico por completo. Strange veio ao chão, inconsciente e totalmente exposto ao que quer que Fauce tinha em mente para ele. Usando seus poderes de telecinesia, Fauce de Ébano removeu o pedaço de cimento abaixo do corpo de Strange e o fez flutuar no ar. Sinalizou para que o cimento, levando Strange, o seguisse. Fauce estava aliviado por finalmente ter conseguido o que viera obter. Contudo, naquele exato momento, a Capa da Levitação de Strange se libertou e, prendendo-se ao seu mestre, o puxou para fora da espiral metálica.

— Não! — Fauce ficou furioso ao ver sua presa escapar, voando em direção ao Washington Square Park.

No parque, o Homem de Ferro bloqueava golpe após golpe de Seletor Obsidiano, usando um escudo formado pelas nanopartículas de seu traje. Ele olhou para cima e viu Doutor Estranho, praticamente inconsciente, voando pelos ares sob a guia da Capa.

– Garoto! – Ainda lutando contra Seletor Obsidiano, que parecia não se cansar, Tony apontou para Strange. – Aquele ali é o mago! Atrás dele! – a voz de Tony estava em frangalhos.

Peter se virou e ficou boquiaberto com o que viu. Ainda era relativamente novo nesse negócio de super-herói, mas, tendo lutado ao lado de Vingadores e também contra eles, pensava ter visto de tudo. Estava errado. Primeiro, alienígenas e uma nave; agora, uma capa mágica carregando um mago pelo Washington Square Park. Ele disparou suas teias e pegou a capa como um pescador fisga um robalo.

– Estou indo! – Peter respondeu. Porém, a Capa da Levitação tinha outras prioridades, sendo a principal delas manter Strange longe de Fauce de Ébano, que vinha logo atrás deles. Então, enquanto a Capa e Strange fugiam de Fauce de Ébano, o Homem-Aranha seguia as duas partes. Após Fauce perceber que estava sendo seguido, começou a arremessar tudo que podia encontrar na direção de seu perseguidor. O Homem-Aranha desviava para um lado e para o outro, esquivando-se por pouco de um outdoor que Fauce jogou nele com desdém.

– Sacanagem! – Peter objetou, esforçando-se mais ainda.

Enquanto a Capa da Levitação levava Strange à segurança em alta velocidade, Fauce de Ébano dobrou alguns postes de iluminação no caminho. Um deles pegou a Capa de raspão, nocauteando Strange por completo e deixando-o desprotegido e vulnerável à captura de Fauce. Porém, antes que Fauce pudesse pôr as mãos nele – e na Joia do Tempo –, o Homem-Aranha usou seus lançadores para laçar o místico primeiro.

– Te peguei! – o Homem-Aranha disse para o homem inconsciente. Rebocando Strange, Peter se pendurava pela cidade para se encontrar com o Homem de Ferro.

Mas tudo mudou em um instante. Doutor Estranho foi pego por um feixe azul vindo de cima, da nave espacial de Fauce de Ébano. Eles lentamente começaram a subir, com poeira e destroços elevando-se aos céus junto a eles. Peter tinha visto filmes de ficção-científica espacial o suficiente para reconhecer um raio de tração ao ver um.

– Espera aí! – berrou o Homem-Aranha. Olhando ao redor, encontrou um alvo: um poste próximo a eles. Ele disparou as teias nele e puxou, usando o poste como âncora. A Capa da Levitação tremulava, preocupada, ao redor do feixe de luz enquanto seu mestre indefeso subia mais e mais, afastando-se da cidade de Nova York. Com um singelo movimento de mão, Fauce retirou o poste de iluminação do chão, e, junto a ele, o Homem-Aranha passou a seguir Strange e a Capa da Levitação para dentro do feixe de luz azul rumo à nave que os aguardava.

A voz do Homem-Aranha ativou a comunicação por rádio em sua máscara.

– É, senhor Stark, estou sendo abduzido.

No parque, o Homem de Ferro ainda se defendia de Seletor Obsidiano, que aplicava golpe após golpe.

– Aguente firme, garoto! – conseguiu dizer.

Mas o Homem de Ferro precisava ouvir o próprio conselho. A verdade nua e crua é que ele estava perdendo. Havia perdido o Homem-Aranha, assim como Strange e a Joia do Tempo, e agora estava tendo dificuldades para simplesmente ficar de pé no que se revelava uma partida de boxe peso-pesado contra alguém que superava seu arsenal em todos os aspectos possíveis. Ele tinha sido uma distração, tudo bem. Mas não do jeito que havia planejado. Fauce de Ébano distraiu-o com Seletor Obsidiano para ir atrás de Strange e da Joia do Tempo. E ele caiu direitinho.

Suas próprias palavras ao Doutor Estranho, mandando-o levar a Joia do Tempo para longe, ricochetavam no cérebro, provocando-o. Bruce havia avisado que essa era uma ameaça diferente de tudo que já haviam enfrentado. Que Thanos era diferente. Por que ele não deu ouvidos?

Uma parte da armadura de Seletor Obsidiano envolveu o Homem de Ferro, rendendo-o com o impacto e com choques elétricos. Enquanto Tony lutava para se livrar do grilhão, pôde apenas observar enquanto Seletor Obsidiano fazia aparecer uma espada de metal gigante, estendendo-se para fora de seu corpo. Ótimo. A mente de Tony encheu-se de planos de escapatória, esquemas elaborados e situações possíveis enquanto o inimigo avançava até ele. No fim das contas, tudo que podia fazer era rolar para sair do caminho do golpe. Em vez disso, ficou inerte quando um portal de energia formou-se no ar e envolveu o grandalhão.

Por um momento, pôde-se ver uma tundra congelada do outro lado do portal antes que ele se fechasse, amputando uma das mãos de Seletor com um corte limpo.

– Opa – disse Bruce quando a mão de Seletor rolou para perto dele. Ele a chutou com nojo.

Bruce e Tony viraram-se para Wong, rodeado de energia mística dourada, encerrando o feitiço de exílio. Tony levantou-se com um novo vigor. Ainda tinha conserto. Ele ainda podia ganhar. Ainda não havia perdido.

– Wong, você está convidado para o meu casamento – Tony disse ao místico enquanto disparava atrás de tudo que havia perdido.

O Homem-Aranha e o Doutor Estranho ainda estavam a caminho da nave, que começava a decolar. Tony xingou em silêncio. Fauce de Ébano devia ter embarcado na nave e começado a pilotá-la para ir até Thanos, levando Doutor Estranho e a Joia do Tempo com ele. O peso no seu estômago aumentou mais ainda quando se deu conta de que a outra carga que Fauce levava no raio de tração não sobreviveria por muito tempo no espaço.

Se Tony não agisse depressa, Peter Parker morreria. E seria tudo culpa dele.

PARTE 2

104

99

CAPÍTULO 4

97

Com a visão telescópica em sua tela, o Homem de Ferro viu que Peter Parker havia conseguido escalar sua teia e se prender à espaçonave. Com um cálculo rápido, determinou que Peter tinha exatamente 8,6 segundos de vida antes que a nave saísse da atmosfera, privando-o de oxigênio.

– Preciso de um gás, Sexta-feira – ordenou, e na mesma hora foguetes pessoais se formaram a partir de sua armadura e nos pés, lançando-o pelo ar com um "boom".

Tentando evitar o pânico, Tony rosnou.

– Libere o 17-A.

Sexta-feira acatou a ordem e, a quilômetros de distância, no antigo Quartel-General dos Vingadores, um compartimento de armazenamento marcado "17-A" se abriu. Uma cápsula voou de lá mais rápida que o som, tendo o Homem-Aranha como alvo.

Enquanto isso, Peter estava ficando cansado, com frio e zonzo pela falta de ar. Seus ouvidos tiniam, e foi por isso que ele achou que o Homem de Ferro havia enlouquecido quando o ouviu em seguida.

– Pete, você precisa se soltar. Vou te pegar – disse Tony, com concentração e senso de urgência.

– Mas você disse pra salvar o mago! – Peter gritou na atmosfera rarefeita. Estava difícil de falar. Desesperado e em pânico, ele tirou a máscara. – Não consigo respirar – arquejou, ainda se segurando à nave com uma das mãos.

– Estamos muito no alto. Você está ficando sem ar – disse Tony, chegando cada vez mais perto de Peter.

Até mesmo diante do medo de Tony sobre o que aconteceria, ele recorreu a explicações lógicas, à sua própria maneira tentando manter Peter calmo. O que ele queria mesmo dizer é que estava preocupado e com medo. E Tony estava preocupado e com medo porque estava rapidamente se dando conta de que, apesar de saber que não deveria, ele se importava com o garoto. Sentia-se responsável por ele. E esses sentimentos eram muito mais difíceis de comunicar do que a ciência e os fatos relativos ao que acontece com um ser humano que voa alto demais sem o equipamento adequado.

— É, faz sentido. — Peter disse, partindo o coração de Tony. Mesmo a segundos da morte, pendurado na lateral de uma espaçonave a caminho do espaço sideral, Peter Parker ainda demonstrava a confiança nos outros e a honestidade de sempre.

Depois que Peter disse essa última frase, ele prontamente caiu do alto da nave e precipitou-se rumo à atmosfera terrestre. Tony estava longe demais para pegá-lo, mas o objeto do 17-A chegou bem na hora. Fixando-se nas costas de Peter, ele começou a formar um traje de aparência metálica que parecia uma versão modificada da armadura do próprio Tony.

Tony havia projetado uma armadura para o Homem-Aranha.

O traje formou-se inteiro ao redor de Peter, incluindo a máscara. O Homem-Aranha bateu na parte mais baixa da nave circular... e ficou preso a ela como um ímã.

Bem, mais como uma aranha, pensou Peter, ao passo que o oxigênio vindo dos sistemas internos encheu seus pulmões e lhe devolveu sua capacidade mental.

– Uau! Senhor Stark, ela tem cheiro de carro novo!

Aliviado, Tony sorriu ao ver Peter se erguer no centro do casco anelar da espaçonave, todo revestido pela Armadura Aranha de Ferro nova em folha. E chegou o momento em que Tony fez o que deveria ter feito quando Peter surgiu no Washington Square Park.

– Até a próxima, garoto. Sexta-feira, mande-o para casa – disse Tony.

– Ok – Sexta-feira respondeu. Antes que Peter pudesse perguntar o que Tony quis dizer, um paraquedas projetado para levá-lo com cuidado pela atmosfera terrestre sem queimar saiu de trás dele, puxando-o para fora do veículo.

– Ah, *qual é*? – o Homem-Aranha ganiu enquanto era levado para longe da da espaçonave, de Thanos, do perigo e de todos os sentimentos complicados de Tony em relação a se importar demais com esse garoto para se concentrar na tarefa que tinha em mãos.

Com o Homem-Aranha seguro na Terra, o Homem de Ferro fixou-se à nave e começou a usar lasers em suas luvas para cortar o casco. Um pedaço saiu voando e Tony atravessou o buraco que acabara de abrir.

– Chefe, telefonema da senhorita Potts – anunciou Sexta-feira no momento em que Tony entrou na nave de Fauce de Ébano. O rosto de Tony desmoronou quando a voz preocupada de Pepper surgiu entre os chiados.

— Tony? Ai, meu Deus. Você está bem? O que está acontecendo?

A cena ao redor de Tony não era como nada que ele já tivesse visto. E, ainda assim, era estranhamente familiar, como tudo que envolvia Thanos. Apertando um botão, Tony ativou o modo furtivo de suas botas e começou a examinar em silêncio a nave invasora.

— Sim, estou bem. Eu só acho, ahn, que talvez tenhamos que alterar nossa reserva para o jantar das oito e meia.

— Por quê? — A voz de Pepper continha urgência e pavor. Tony usou todas as suas energias para manter a própria calma e não se lembrar de meros segundos antes, quando quem estava apavorado era ele, algo diretamente relacionado à possibilidade de perder Peter Parker.

— É só porque eu provavelmente não devo voltar tão cedo. — As nanopartículas no capacete de Tony sumiram como se derretessem, mostrando um rosto cada vez mais preocupado enquanto ele esperava a resposta de Pepper. Ele continuou a absorver a nave ao redor dele.

— Me diga que você não está naquela nave.

Tony deixou escapar um suspiro de agonia. Pepper sabia. Ela o conhecia. E, embora ela tivesse perguntado, ambos sabiam a resposta. Ele não seria Tony se não estivesse na nave.

— É. — disse em um engasgo, detestando o fato de que uma simples palavra magoaria a única pessoa que ele amou de verdade em toda a vida.

— Céus, não, por favor, me diga que não está na nave. — Mais uma vez, suas palavras entrelaçaram-se umas nas outras. Mesmo agora, eles falavam um sobre o outro, completando-se as frases mutuamente.

– Amor, me desculpe. Eu sinto muito, não sei o que dizer, eu deveria... – ele queria aplacar a dor dela, mas sabia que a única coisa que faria isso seria abandonar essa nave e voltar para Nova York. E isso era algo que ele não podia fazer. Algo que não faria.

– Volte para cá, Tony. Juro por Deus. Volte para cá agora mesmo.

– Pep...

– Volte – Tony escutou, paralisado.

– Chefe, estamos perdendo o sinal dela. O meu também. – A voz de Sexta-feira sumiu, e em seguida a ligação caiu. Pepper se foi, e Tony sabia que ela seria atormentada pela ausência dele até que eles se falassem novamente... se vissem novamente. Isso significava de ele tinha que fazer o que foi fazer, e rápido.

Mal sabia o Homem de Ferro que era necessário mais do que um paraquedas para impedir Peter Parker de ajudar a fazer menos coisas ruins acontecerem. Tendo se desconectado do equipamento ativado por Sexta-feira, o Homem-Aranha avançava mão após mão pela teia presa à nave.

– Ai, meu Deus– ele ofegou quando conseguiu se esgueirar por uma das portas de emergência da nave. – Ai, eu devia ter ficado no ônibus – murmurou Peter, olhando para a Terra abaixo. As portas da nave se fecharam.

Diante dos controles de navegação, Fauce de Ébano inseriu as coordenadas e sorriu. Virou-se para trás, sabendo que seu pai ficaria contente. O místico estava a caminho de Titã, onde Thanos conseguiria extrair a Joia do Tempo.

Em um lampejo, a nave circular entrou no hiperespaço e sumiu, indo parar nos confins da galáxia.

Vários quilômetros abaixo, Bruce Banner e Wong estavam nas ruas de Manhattan, rodeados por destroços. Impotentes, eles observaram a nave sumir de órbita. Com um suspiro pesado, Wong abriu um portal para o Sanctum Sanctorum, atravessou-o e começou a subir a escadaria desmoronada.

– Aonde você vai? – perguntou Bruce.

– A Joia do Tempo foi levada. – Wong lamentou. – O Sanctum permanece desprotegido. – A voz de Wong estava carregada de responsabilidade. Bruce notou que também estava coberta de tristeza. – E você? O que fará? – perguntou Wong.

Antes que Bruce pudesse responder, algo saltou aos seus olhos no meio do entulho: o celular *flip* de Tony. Ele o abriu e viu que, milagrosamente, ainda estava funcionando. Steve Rogers ainda era o único contato no telefone.

Levando-o até a orelha, Bruce olhou para Wong com um vislumbre de esperança que não surgia em seus olhos havia anos.

– Vou dar um telefonema.

CAPÍTULO 5

93

anos-luz de distância, uma nave estilosa, laranja e prateada, cortava o espaço; alguns dos hits das décadas de 1970 e 1980 preenchiam a cabine e a tripulação eclética cantava junto.

A nave dos Guardiões.

Tripulação: os Guardiões da Galáxia.

Em nenhum outro lugar da galáxia você encontraria o Senhor das Estrelas, um meio-humano sorrateiro criado por piratas; Gamora, uma guerreira mortal de pele verde, criada por Thanos; Mantis, uma empata inocente com antenas no alto da cabeça; Drax, um alienígena musculoso que levava tudo ao pé da letra e tinha tatuagens intrincadas; Groot, uma planta inteligente, pré-pubescente e rebelde; e Rocky, uma criatura boca-suja e geneticamente modificada que parecia um guaxinim; todos unidos para salvar a galáxia (e talvez pilhar um pouco do que sobrasse).

— Por que estamos fazendo isso mesmo? — bocejou Rocky, referindo-se à atual missão.

Ainda movendo a cabeça no ritmo da música, Gamora se virou para trás e olhou para o copiloto da nave.

— É um sinal de socorro, Rocky — ela argumentou. — Alguém pode estar morrendo.

Rocky revirou os olhos.

— Isso eu entendo, mas por que *nós* estamos indo?

Peter Quill olhou para Gamora. Ele sempre olhava para Gamora quando seu caráter era testado. E não era porque a bússola moral dela foi forjada por uma vida definida por uma retidão ética infalível, mas porque foi forjada por uma vida em que era usada como arma para espalhar medo, destruição e carnificina nas mãos de seu pai adotivo, Thanos. Ela havia visto cada aspecto imaginável das trevas, e o fato de ela ter sobrevivido com algum traço de humanidade intacto era um milagre para o qual até mesmo Peter Quill se curvaria em respeito.

O que Gamora e Peter sentiam um pelo outro – embora nenhum dos dois jamais fosse admitir – ia além de qualquer tipo de amor romântico, embora também houvesse isso. O que eles encontravam um no outro era a peça de quebra-cabeça correspondente de suas disfuncionalidades. Todas as imperfeições deles, tudo aquilo de que tinham vergonha era perfeitamente moldado para se encaixar no outro, fazendo de cada um deles um todo, enfim.

Juntos, eles tinham um lugar no mundo. Finalmente.

Mas, mesmo com tudo isso, Peter ainda podia, sabe, testar os limites só um pouquinho. De vez em quando. Gamora entenderia. (Não, não entenderia.)

– Porque somos gentis – disse Peter, com a voz forte e clara. Ele adorava sentir-se bem e orgulhoso em relação a essa decência recém-descoberta. Rocky, menos afetado por essa tal pseudodecência, revirou os olhos, sem acreditar por um segundo nessa postura de bom samaritano de Peter. – E talvez quem quer que esteja em perigo nos dará uma pequena recompensa pelos nossos esforços.

– O que não vem ao caso – Gamora o lembrou sem se virar.

– O que não vem ao caso – Peter repetiu, com uma voz devidamente pomposa para que todos ouvissem o quanto ele acreditava sinceramente que aquilo não vinha ao caso. Depois, continuou, mas apenas com um adendo, na verdade – Digo, se ele não pagar...

– Pegamos a nave dele – disse Drax, com a voz grave e pragmática. Gamora lançou um olhar a ele.

– Isso mesmo! – falou Rocky.

– B-b-b-b-bingo! – Peter disse, em concordância.

– Aí sim!

Gamora olhou para Peter, irritada. Ele gesticulou em negação, como se aquilo tudo fosse apenas conversa e eles não fossem de fato tomar a nave de ninguém.

A comunicação não-verbal entre o casal durou apenas alguns segundos, mas a intimidade necessária para ter esse nível de comunicação verbal levou anos para se formar. E o que haviam construído estava começando a entrar em um território completamente novo. Depois de uma vida inteira de mágoa e decepção vindo daqueles que prometiam que todos os abusos que cometiam eram apenas variações e manifestações de amor, tanto no caso de Gamora como no de Quill, eles finalmente haviam encontrado alguém em quem confiavam, um caso em que amor não tinha de automaticamente significar dor.

– Estamos chegando – disse Mantis. Seus olhos completamente negros se arregalaram.

– Ok, Guardiões, não se esqueçam de que pode ter perigo à frente, então façam cara feia – anunciou Quill.

Atrás dele, Mantis mostrou uns dentes, fazendo uma imitação de rosnado que era mais adorável do que hostil ou intimidadora. Os bipes eletrônicos de um videogame romperam o silêncio da cabine da nave. Todos os olhos se voltaram para Groot, que, desde o encontro deles com Ego, havia crescido e estava do tamanho de um adolescente. Aparentemente, a atitude também era de adolescente. Um ramo em forma de perna estava apoiado no braço da cadeira e sua atenção estava no seu jogo portátil.

Quill rangeu os dentes; um argumento familiar era iminente.

– Groot, deixa esse troço de lado agora mesmo. Não quero ter que falar outra vez. – Uma sequência de bipes ecoava pela nave enquanto Groot continuava a fazer o que estava fazendo, como se Quill não tivesse falado nada. – Groot. – A voz de Quill ficou mais séria.

Sem olhar para cima, Groot fez uma careta e disse, com escárnio:

– Eu sou Groot.

A tripulação inteira reagiu com choque.

– Opa! – exclamou Quill.

– Olha a boca! – repreendeu Rocky.

– Ei! – alertou Gamora.

– Uau – disse Drax.

Groot respondeu com um grunhido jocoso, voltando ao seu jogo.

– Você tá bem atrevido, rapazinho – disse Quill, curvando-se de costas para olhar melhor o rebelde Groot.

– Foi só criar um pouquinho de seiva que virou uma peste – rosnou Rocky, ficando cada vez mais exaltado. Ele se levantou na cadeira, virou e apontou uma pata para o fardo impertinente. – Agora, se continuar assim, eu vou pegar essa porcaria e deixar em pedacinhos – ameaçou.

A discussão foi interrompida por um breve arquejo de Mantis, que apontou para a janela da cabine.

– O que aconteceu?

Através do vidro, eles viam a destruição completa da *Estadista*. Destroços, metal retorcido, corpos sem vida, tudo flutuando no espaço deserto. Solitária e esquecida. Deixada para trás, para nunca ser descoberta.

– Meu Deus – Quill sussurrou, estarrecido. A tripulação ficou em um silêncio reverente.

Até que…

– Parece que não vai ter recompensa – disse Rocky, prestes a virar a nave no sentido oposto.

BAM!

Algo – ou melhor, alguém – bateu na janela da cabine. O corpo do homem se esparramou pelo vidro. Do lado de dentro, os Guardiões tentavam recuperar a compostura, sem sucesso.

– Oh! – Gamora e Drax exclamaram ao mesmo tempo.

– Eca! Limpadores! Tirem isso daí! – Rocky exclamou.

– Uaau! – disse Mantis diante do que via.

Quill curvou-se para ver mais de perto, com uma calma inesperada. Ele rapidamente pulou para trás quando o único olho que o homem tinha abriu-se de uma vez só.

—

— Como é que esse cara ainda está vivo?

Quill fez a pergunta na frente de todos os demais enquanto observavam o asgardiano respirando de leve na mesa da sala comunitária. Foram necessários quatro deles só para trazê-lo para dentro da nave e a força de todos para colocá-lo onde agora repousava.

— Ele não é um cara — Drax disse, reverente. Ele apontou para Quill. — *Você* é um cara. — Olhando novamente para Thor, Drax continuou: — Isto aqui é um *homem*. Um homem bonito e musculoso.

— Eu sou musculoso — contestou Quill, ofendido.

— A quem você quer enganar, Quill? Você está a um sanduíche de ser gordo — disse Rocky, com sua delicadeza de sempre.

— Ah, sei — Quill ironizou, descartando com facilidade as palavras de Rocky.

— É verdade, Quill — Drax disse em seu tom pragmático padrão, fazendo Quill endurecer — Você ganhou peso.

— O quê? — Quill ficou desorientado. Drax gesticulou para o queixo. e para a barriga, para o horror de Quill, que então se virou para a única pessoa em quem confiava que fosse dizer a verdade, não importasse qual fosse.

— Gamora, você acha que eu... — Gamora não conseguia olhá-lo nos olhos. A evasão dela era tudo que ele precisava para confirmar. Ficou ali, boquiaberto, enquanto Mantis colocava as mãos nas laterais da cabeça de Thor. Ela estremeceu na mesma hora, mas não interrompeu o contato.

– Ele está irrequieto… furioso – Mantis mergulhou mais ainda na psique de Thor. Seus olhos se arregalavam conforme ela absorvia a total profundidade das emoções inconscientes do sujeito. – Ele tem sentimentos profundos de perda e de culpa.

Drax estava de queixo caído, ainda estupefato pelo físico do homem.

– É como se um pirata tivesse um filho com um anjo.

– Uau. Isso me abriu os olhos. Tudo bem. Vou arranjar uma ergométrica. Vou me comprometer. Vou pegar em halteres.

– Você sabe que halteres não são de comer, né? – Rocky caçoou enquanto Gamora pegava o braço esquerdo do homem, observando sua musculatura com espanto puro.

– É como se os músculos dele fossem feitos de fibra de metal Cotati – disse Gamora, com uma voz que transbordava admiração.

Aquilo já era demais. Peter Quill ficou farto.

– Pare de massagear os músculos dele. – Gamora "obedientemente" baixou o braço de Thor. Quill direcionou sua atenção para Mantis. – Faça-o acordar.

Mantis aproximou-se e sussurrou uma única palavra:
– Acorde.

O caos se instalou quando o homem se levantou num salto e saiu da mesa, rosnando. Os Guardiões todos pegaram suas armas. Em seguida, a adrenalina baixou e o homem cambaleou para a frente, apoiando-se em uma parede da nave.

Sem fôlego e incrédulo, o homem se virou para encarar os Guardiões, carrancudo.

— Quem são vocês?

Gamora sabia que esse dia chegaria. Ela fora atormentada por isso a vida inteira.

— Desde que conheço Thanos, ele sempre teve um único objetivo: trazer equilíbrio ao universo eliminando metade de todas as formas de vida — ela começou a dizer. Ela fitava a janela da nave enquanto falava, incapaz de olhar para as pessoas com as quais passou a se importar ao longo do tempo, mesmo que a essa altura elas já soubessem cada detalhe de sua história sórdida. — Ele matava as pessoas um planeta após o outro, um massacre após o outro.

— Incluindo o meu — disse Drax, com a voz perdida na dor do passado.

A voz de Gamora ficou mais lúgubre.

— Se ele conseguir as seis Joias do Infinito, ele conseguirá fazer o que quer com um estalar de dedos, assim. — Ela pontuou sua fala com uma estalada.

— Você parece saber bastante sobre Thanos — o homem, que havia revelado ser Thor, Filho de Odin, Rei de Asgard, comentou em um tom contestador.

— Gamora é a filha de Thanos — Drax disse, querendo ajudar.

O rosto de Thor ficou sombrio enquanto a avaliava sob essa nova luz. Gamora baixou a cabeça. Quando ela ficaria livre dessa vergonha generalizada? Quando ela ficaria finalmente livre de Thanos? Isso iria acontecer?

– Seu pai matou meu irmão – Thor rosnou, levantando-se para confrontá-la.

– Xiii... – Rocky não tinha certeza se devia ficar entre os dois ou sair do caminho. Ele decidiu recuar.

Quill, por outro lado, tentou apaziguar a situação.

– Pai adotivo, na verdade – Thor agora estava a menos de meio metro de Gamora, e seu rosto não estava menos tempestuoso do que no momento anterior. – E ela o odeia tanto quanto você – Peter disse o mais rápido que pôde.

Thor parou em frente a Gamora. A nave em silêncio. Gamora levantou o olhar para ele, com o queixo erguido e desafiador. Ela o olhou direto no olho e se preparou para a ofensiva.

Thor colocou a mão no ombro de Gamora.

– Famílias podem ser complicadas. – Gamora olhou para a mão enorme no seu ombro. – Antes de morrer, meu pai me contou que eu tinha uma meia-irmã que ele aprisionou no Inferno. E, então, ela voltou para casa e furou meu olho. – Thor apertou os dedos que seguravam Gamora, para o desagrado de Quill. – Então, tive que matá-la. Mas a vida é assim, não é? Imagino que seja. Dá voltas e voltas e... entendo sua dor.

Quill saiu de trás de Gamora e chegou mais perto de Thor.

– Eu também entendo sua dor. – Quill ficou entre Thor e Gamora. – Porque... quero dizer, não é uma competição, mas eu passei por uns maus bocados. – Gamora revirou os olhos e se afastou, sem disposição para encorajar o ciúme infantil de Quill. Thor fazia barulho para tomar a sopa que os Guardiões haviam lhe dado enquanto Peter continuava a resmungar. – Meu pai matou minha mãe e eu tive que matar meu pai. Foi difícil. Provavelmente bem mais difícil do que ter que matar uma irmã. Além disso, eu saí dessa com os dois olhos intactos, o que...

Percebendo de repente o que tinha em mãos, Thor ergueu o utensílio, interrompendo Quill.

– Preciso de um martelo, não de uma colher. – Thor foi até um dos compartimentos de transporte da nave. Dentro, havia uma cápsula de longa distância, perfeita para o que ele precisava. Ele começou a apertar os botões de controle aleatoriamente.

– Como que eu abro isto aqui? É algum tipo de... código de quatro dígitos, talvez, ahn, uma data de nascimento ou...?

– O que você tá fazendo? – exigiu saber Rocky.

– Pegando essa cápsula – respondeu Thor, como se a pergunta fosse idiota.

– Não vai pegar nada – disse Quill, andando até Thor. Sua voz estava com um tom grave e régio, meio que uma mistura de autoritário com tentativa de sotaque asgardiano. – Você não irá levar nossa cápsula hoje, senhor.

– Ahn... Quill, você tá engrossando a voz? – perguntou Rocky.

– Não.

— Está, sim. Você está imitando o homem-deus. É estranho.

— Não estou, não.

— Imitou de novo! – Mantis disse, com espanto.

— Essa é a minha voz – disse Quill, com uma voz que definitivamente não era dele. Thor desceu um degrau com um passo pesado, ficando frente a frente com Quill. Os dois homens adotaram uma postura agressiva.

— Está debochando de mim? – Thor perguntou.

— *Você* está debochando *de mim*? – retrucou Quill, debochando dele.

— P-pare. Você acabou de… você fez de novo.

— Ele está tentando me imitar – disse Quill, voltando-se para sua tripulação.

— Preciso que pare com isso – Thor disse. Sua voz era um rosnado grave.

— Chega! – gritou Gamora, sem conseguir acreditar que precisava impor disciplina a dois homens aparentemente crescidos que deveriam entender a seriedade das circunstâncias.

— Ele quem começou – disse Thor, que precisava que Gamora entendesse que aquela situação não era nem um pouco culpa dele.

— Precisamos deter Thanos – Gamora reorientou a conversa. Thor lançou um último olhar para Quill antes de continuar a andar em direção a Gamora. – O que significa que precisamos descobrir para onde ele está indo.

— Lugarnenhum. – Isso era uma afirmação categórica da parte de Thor. Lugarnenhum era um cantinho do espaço conhecido por poucos. Os Guardiões estavam entre esses poucos.

– Ele deve estar indo para algum lugar – Mantis declarou, com obviedade.

– Não, não. É um lugar chamado Lugarnenhum. Já estivemos lá. É péssimo. – Quill explicou para Mantis enquanto Thor remexia a dispensa dos Guardiões. – Com licença, essa comida é nossa. – Dar a um cara uma tigela de sopa era uma coisa, mas Quill não iria deixar Thor comer a nave inteira.

– Não é mais – respondeu Thor, ignorando Quill e examinando os pacotes.

– Thor, por que ele iria a Lugarnenhum? – Gamora perguntou, com a voz envolvida em pavor.

– Porque há anos a Joia da Realidade tem sido guardada em segurança lá, por um homem conhecido como o Colecionador.

Os Guardiões conheciam o Colecionador. Essa informação lhes deu um frio na barriga.

– Se está com o Colecionador, não está em segurança. Só um idiota daria a Joia para aquele homem. – Quill disse, cada vez mais bravo.

– Ou um gênio – respondeu Thor.

– Como você sabe que ele não está indo atrás de outras Joias? – perguntou Gamora, cujo coração havia disparado.

Thor suspirou, virou-se e olhou para ela.

– Há seis Joias no total. Thanos já tem a Joia do Poder porque a roubou semana passada, quando dizimou Xandar – Thor disse, sem saber o impacto que essas palavras teriam.

Gamora, Groot, Rocky, Drax e Quill olharam uns para os outros. Eles se conheceram em Xandar e conheciam pessoas no planeta que consideravam amigas. E foram eles que deixaram a Joia do Poder nas mãos habilidosas do povo de Xandar, para início de conversa.

Isso foi culpa deles?

Thor continuou, com a voz pesada.

– Ele roubou a Joia do Espaço de mim quando destruiu minha nave e assassinou metade do meu povo. – A voz de Thor estava distante e alienada. Ele ainda precisava de tempo para enlutar-se e processar sua perda. Aquele não era o momento. Ele prosseguiu firme. – As Joias do Tempo e da Mente estão em segurança na Terra, com os Vingadores.

Os Guardiões ficaram confusos. Quill perguntou:

– Os Vingadores?

– Os heróis mais poderosos da Terra – Thor comentou com casualidade, como se todos já tivessem ouvido falar deles. Ele estava tão ocupado com os preparativos para sua viagem que não percebeu que nenhum dos Guardiões tinha a menor ideia do que ele estava falando.

– Como o Kevin Bacon? – perguntou Mantis, com sinceridade.

– Talvez ele esteja na equipe. Eu não sei, faz tempo que não vou pra lá.

Por ser a única pessoa na nave dos Guardiões que sabia, de fato, quem era Kevin Bacon, Quill franziu as sobrancelhas, confuso com a observação de que o ator possivelmente fizesse parte desses tais Vingadores.

Thor continuou:

– Quanto à Joia da Alma, bem, ninguém nunca a viu. Ninguém sequer sabe onde ela está. – Enquanto Thor continuava, Gamora voltou o olhar para o chão. A menção à Joia da Alma parecia deixá-la bastante nervosa. – Logo, Thanos não tem como pegá-la. Portanto, ele irá para Lugarnenhum.

Thor olhou ao redor para confirmar se todos estavam acompanhando o que para ele era simples lógica. O que ele não sabia é que lógica não era o ponto forte dos Guardiões.

– *Ou seja* – ele disse, com entonação de realce –, ele irá atrás da Joia da Realidade.

Thor olhou para Gamora, aparentemente concluindo sua lição.

– De nada.

Gamora foi até Peter, formulando um plano em sua mente.

– Então precisamos ir para Lugarnenhum agora mesmo – ela insistiu. Ela estava prestes a explicar a importância de agir rápido antes de ser interrompida.

– Errado. Precisamos ir para Nidavellir – Thor declarou. Sua ordem foi respondida com silêncio, até que...

– Essa é uma palavra inventada – acusou Drax.

– Todas as palavras são inventadas – Thor retorquiu, com sagacidade.

– Nidavellir é... real? Sério mesmo? – Rocky foi até Thor, com os olhos arregalados e distantes e um sorriso raro e sincero, de bigode a bigode. – Esse lugar é lendário. É onde fazem as armas mais poderosas, mais *terríveis*, já feitas. Os maiores tormentos do universo. – A voz de Rocky soava como uma criança descrevendo a oficina bizarra do Papai Noel. Era literalmente a realização de um sonho para Rocky saber que Nidavellir existia. Ele deu um risinho. De repente, com os olhos novamente focados, voltou-se para Thor. – Eu gostaria muito de ir para lá, por favor.

Quill quase engasgou com o som de Rocky dizendo "por favor" a alguém, independentemente de quantas armas existissem em um lugar.

Gamora balançou a cabeça. Isso só podia ser uma missão infrutífera.

Thor olhou com aprovação para Rocky antes de dar seu veredito para o resto da tripulação.

– O coelho tem razão. Claramente é o mais inteligente entre vocês.

O peito de Rocky se encheu e ele estava prestes a repetir o elogio quando se deu conta de uma palavra em particular.

– Coelho?

– Apenas Eitri, o Anão, é capaz de fazer a arma de que preciso – Thor explicou, ignorando o olhar confuso de Rocky por ter sido chamado de coelho. Em vez disso, olhou para Rocky, fez uma leve reverência e colocou a mão fechada no peito como sinal de companheirismo. – Suponho que você seja o capitão, senhor?

– Você é perspicaz – Rocky respondeu, confiante e incorreto.

– Você parece ser um líder nobre. Juntar-se-ia a mim em minha missão em Nidavellir? – Thor perguntou, olhando para Rocky.

— Deixa eu consultar o capitão. Ah, espera um pouquinho, sou eu! – Rocky sorriu de orelha a orelha.

Thor também se alegrou.

— Magnífico! – Parecia cada vez mais que sua viagem seria fortuita. Até que...

— Ahn, exceto que eu sou o capitão – disse Quill, levantando a mão em protesto e colocando-se entre Thor e a cápsula secundária da nave.

— Silêncio. – A exigência abrupta de Thor foi tão direta e imponente que até mesmo o Senhor das Estrelas interrompeu-se. E foi nesse momento que Quill percebeu a mochila que Thor havia enchido com suprimentos e comida para sua longa jornada.

— Essa mochila é minha – Quill disse debilmente.

— Vai pra sua cadeira – ordenou Rocky.

— Olha, essa é a minha nave, e eu não vou... – Quill perdeu o fio da meada, tentando se lembrar do nome ou da pronúncia do lugar aonde Thor ia. Nada. – Espera. – Thor se virou para olhar para ele. Peter enrijeceu os ombros e tentou parecer mais alto enquanto limpava a garganta. – De que tipo de arma estamos falando?

A resposta pegou todos de surpresa.

— Do tipo que mata Thanos. – As palavras de Thor ficaram suspensas na área comunitária enquanto todos absorviam a grandeza de uma arma com essa possibilidade.

Sendo o primeiro a se recuperar do choque, Quill disse:

— Vocês não acham que todos deveríamos ter uma arma assim?

Thor rejeitou a ideia.

— Não. Vocês não têm a força necessária para manuseá-la. Seus corpos ruiriam e suas mentes enlouqueceriam.

— É estranho eu agora estar com mais vontade ainda? — perguntou Rocky.

— Hmm. É. Um pouco, sim — Thor respondeu, questionando sua decisão de deixar o "coelho" acompanhá-lo.

Gamora, farta de ouvir sobre anões, coelhos e armas que matam Thanos, decidiu intervir como a voz da razão.

— Se não formos a Lugarnenhum e Thanos coletar mais uma Joia, ele será poderoso demais para ser detido. — Quando falou isso aos demais, a seriedade de suas palavras foi absorvida. Thor lhes deu sequência.

— Ele já é. — A voz do asgardiano era grave e carregada de memórias dolorosas.

Rocky, buscando cumprir seu papel de "capitão", resmungou um plano:

— Tive uma ideia. Nós temos duas naves e um grande grupo de imbecis. — Todos ignoraram o insulto e o esperaram continuar. — Então, eu e Groot vamos com o anjo pirata aqui, e os imbecis vão pra Lugarnenhum tentar deter Thanos. Beleza? — Não houve objeções. — Beleza.

— Belezinha — respondeu Thor.

— Só para constar: eu sei que você só está indo com ele porque é onde Thanos não está — Peter sibilou.

Com um sorriso, Rocky levantou a voz para que Thor conseguisse ouvir:

– Sabe, Quill, você não deveria falar assim com seu capitão. – Isso foi certeiro para mexer com Quill, e Rocky soube disso assim que viu o rosto de Peter ficar vermelho.

Rocky colocou a bagagem dele e de Groot na cápsula, depois olhou para a criatura arbórea. Groot segurava seu videogame perto demais da casca de seu rosto, com ramos apertando botões agilmente enquanto o jogo sinalizava um novo recorde de pontuação.

– Vamos, Groot. Larga esse jogo, vai estragar seu cérebro – ele advertiu.

Groot grunhiu uma resposta rude que chocou Rocky, que quase abriu a boca para colocar a árvore magricela e irritante em seu devido lugar, mas haviam armas de tormento e destruição para se ver e eles precisavam começar a viagem. Os três embarcaram na cápsula e ficaram prontos para se separar dos demais.

Dentro do veículo, Thor fez uma saudação.

– Agora me despeço e lhes desejo boa sorte, imbecis.

Apenas Mantis acenou em resposta – os demais ficaram olhando para ele, ao mesmo tempo confusos e ofendidos.

Thor sorriu para ela.

– Tchau.

Com aquela última palavra, a cápsula ejetou-se espaço adentro, dividindo a equipe em duas missões consideravelmente diferentes, ambas capazes de determinar o destino do universo. Enquanto essa ideia pairava na mente dos ocupantes das duas naves, a nave dos Guardiões e o veículo de Thor aceleravam em direções distintas.

CAPÍTULO 6

83

A olhares desinformados, eles pareciam um casal qualquer tendo uma noite maçante dentro de casa. Ela bebia uma xícara de chá na cama, e ele fitava a janela enquanto o céu da noite caía sobre a paisagem escocesa diante dele. Era uma noite comum em todos os aspectos.

Exceto por um detalhe que a tornava extraordinária: o casal em si. Wanda Maximoff, mais conhecida como a Feiticeira Escarlate, e Visão, o androide fugitivo – e possivelmente em evolução – de Tony Stark.

Wanda e o Visão haviam roubado para eles essa noite maçante e comum. Haviam protegido essas noites esquecíveis com tudo o que tinham. Lutaram para poder sentar na cama e tomar chá como qualquer casal normal com uma fúria e dedicação que nunca haviam percebido ter antes.

Porque, nesse quarto tedioso, nessa noite escocesa nada memorável, Wanda e o Visão estavam finalmente livres. Livres de suas obrigações sem fim. Livres de juízos alheios e de expectativas impossíveis. Livres da rotina letal que consistia em continuamente salvar um mundo que não aceitava nem acolhia nenhum dos dois.

Há pessoas neste mundo que lutariam até a morte por uma noite aparentemente maçante, desde que pudessem ficar juntas.

Um arrepio percorreu o quarto quando o Visão de repente se curvou, levando a mão à cabeça com dor. Ele deixou seus dedos tocarem delicadamente o brilho amarelo da Joia da Mente no centro de sua testa.

– Vis? – Wanda perguntou. Havia gentileza e preocupação em sua voz. – É a Joia de novo?

Os dedos do Visão pendiam sobre a Joia, curiosos.

– É como se ela estivesse… falando comigo. – Ele soava confuso e um pouco temeroso. Wanda saiu da cama e foi até ele.

– E o que ela diz? – ela perguntou, sem saber ao certo se queria saber a resposta.

– Eu não… Eu não sei, mas algo… – sua voz desvaneceu.

Ela levantou o olhar até ele. Este rosto. O rosto dele. Ela conhecia cada canto, cada poro, e lhe partia o coração o fato de ele estar tentando esconder a própria preocupação. A Joia formigante oscilou no quarto novamente e o Visão se retraiu.

– Ei – ela disse, e colocou as mãos em seu rosto. Ela o estudava. Ele envolveu uma das mãos de Wanda com a dele e a beijou, com medo de que o tempo que roubaram para passar juntos estivesse prestes a acabar. Gostassem ou não, o mundo exterior estava atravessando seus bloqueios.

O Visão fechou os olhos enquanto seus lábios tocavam a palma da mão dela. Ela se aproximou e os olhos dele se abriram com calma, fixos nos dela. Ele conduziu a mão dela até a Joia da Mente, colocando-a com carinho sobre a fonte de brilho. O calor dela, a sensação dela. Era tudo para ele. Ele curvou-se para se aproximar dela e sussurrou:

– Diga-me o que sente. – Havia gentileza e exaustão em sua voz. Ele precisava que Wanda usasse seus poderes para acessar o que quer que fosse que a Joia da Mente estivesse tentando dizer... por mais que nenhum deles quisesse lembrar quem realmente eram fora daquele quarto anônimo.

Wanda levantou o olhar para ele. O medo e a confusão estampados no rosto dele. Ela detestava o fato de ele estar sofrendo. Detestava o fato de que não podiam ter mais uma noite maçante e desimpedida dentro de casa, de que não podiam simplesmente... ser normais.

Mas nada disso importava agora. O que importava naquele exato segundo era dar um pouco de paz a seu amor. Ela tirou sua mão da cabeça do Visão e pequenos fios de energia vermelha tremeluziram de seus dedos, conectaram-se à Joia e voltaram à mão.

Wanda se concentrou na Joia da Mente e mergulhou nela, procurando e caçando respostas. Ela fizera isso tantas vezes, com as mentes de cada alvo se abrindo diante dela. Mas isto era diferente. Ela parecia não conseguir... não a encontrava... não conseguia atravessar a neblina, o borrão, os sentimentos, o calor, o amor, o pertencimento e a casa deles. Ele estava em casa e ela estava em casa com ele.

– Eu só sinto *você* – disse Wanda. Ela ficou surpresa com o quanto foi fácil confessar isso.

Enquanto a chuva caía do lado de fora da janela, Vis colocou o rosto dela em suas mãos e a beijou. Ela se perdeu nele. De novo e de novo. Não a preocupava o fato de não conseguir ler a Joia da Mente. Era prova. Algo estava acontecendo. Algo novo e maravilhoso. Apesar de todos os poderes, das vozes e do caos em sua mente perseguindo-a há tanto tempo quanto sua memória permitia lembrar... ela podia sentir e, mais do que isso, podia amar. Podia ter reciprocidade nesse sentimento e nesse amor. Ela tinha uma chance. Eles tinham uma chance.

Não tinham?

Vestindo-se devagar, o casal saiu do hotel atrás de ar fresco e uma refeição quente. Havia uma urgência subsistente neles enquanto andavam de mãos dadas nas ruas de paralelepípedo. O tique-taque que marcava o tempo que tinham juntos era ensurdecedor, e ambos sabiam que haviam enrolado mais do que deveriam. Mas era como se cada segundo deixasse de ser suficiente e o segundo seguinte apenas fizessem com que desejassem mais dois e assim por diante, gananciosamente furtando tempo de um universo que estava contra eles.

— Bem, tem um às dez da manhã para Glasgow, o que nos daria mais tempo juntos antes de você voltar — disse Wanda com uma voz robótica e desligada. Era o único modo que ela conseguia suportar as horas seguintes.

— E se eu perder esse trem? — perguntou o Visão, polido, mas com uma hesitação meiga.

— Tem um às onze — Wanda distanciou-se o máximo possível de suas emoções. Seus sentimentos ardiam logo abaixo da superfície e a assustavam com sua imensidão.

— E se eu perdesse todos os trens? — o Visão parou e olhou para ela. Ele sorriu enquanto o pensamento se tornava cada vez mais real em sua cabeça. — E se, desta vez, eu não voltasse?

Todos os motivos pelos quais o Visão deveria voltar soterraram o cérebro de Wanda. A dura verdade sobre a singularidade maravilhosa, poderosa e de perspectiva justa que o compunha a sobrepujou. Ela estava sendo egoísta. O mundo precisava do Visão mais do que ela precisava. Embora fosse incompreensível para ela que alguém pudesse precisar dele mais do que ela.

— Mas você deu sua palavra a Stark. — Ela detestava o quanto estava sendo pragmática. Por que ela não podia se deixar levar? Por que não acreditava merecer essa chance de ter uma vida real, de ser feliz?

— Prefiro dá-la a você. — Wanda se deu conta de que essas palavras eram o voto mais sério que o Visão podia fazer para ela. Seu coração se aqueceu, apesar do perigo que uma decisão dessas poderia significar para eles.

— Bem, há pessoas esperando por mim também, né? Nós dois fizemos promessas. — Wanda conteve uma enorme onda de emoções enquanto as palavras amotinadas saíam de seus lábios.

— Não um para o outro. Por dois anos nós furtamos esses momentos, tentando descobrir se conseguiríamos fazer funcionar e, não sei... eu... pess... — O Visão respirou fundo, perguntando-se se isso era o que chamavam de nervosismo — Quer saber? Vou falar por mim. E-eu, eu acho... E-eu acho que... funciona.

— Funciona — Wanda concordou, incapaz de conter o sorriso.

– Funciona – ele repetiu. Era tão bom dizer essas palavras. Era bom dizê-las de novo e de novo. Seus sorrisos eram de cortar o coração: aliviados, assustados e maravilhados. – Fique. Fique comigo – disse o Visão. Sua voz era íntima e tentadora.

Ela olhou para o Visão e, por um momento ínfimo, permitiu-se imaginar um mundo no qual ela ficava. No qual eles se aconchegavam no quarto maçante deles, tomavam chá e circulavam com total anonimato pelo mundo. A única coisa pela qual seriam conhecidos seria o amor que sentiam um pelo outro.

Mas, nesse caso, eles teriam que assistir inertes a pessoas sofrendo desnecessariamente porque eles escolheram ser egoístas. E também por mais que se amassem, o peso dessa escolha começaria a erodir os próprios motivos pelos quais se amavam. E pelos quais haviam só recentemente começado a amar a si mesmos.

Com dor, Wanda desviou o olhar do Visão. Seu amor por ele significava que ela não conseguia – e não queria – fazer com que ele fosse só dela. Por mais que isso a matasse por dentro.

– Ou não… se eu estiver sendo intrusivo – disse o Visão, tentando trazer leveza ao momento.

Entretanto, outra coisa chamou a atenção dos olhos de Wanda, vinda da vitrine de um restaurante próximo. Um telejornal transmitia cenas da destruição em Nova York. A nave anelar flutuando no céu e imagens borradas de Fauce de Ébano e Seletor Obsidiano fizeram Wanda cobrir a boca, horrorizada.

Ela mal conseguia encontrar a própria voz para perguntar ao Visão:

– O que são eles?

Um longo suspiro antecedeu a resposta do Visão.

– O motivo do alerta da Joia – foi tudo o que ele conseguiu dizer.

O que apareceu na tela chamou a atenção dos dois: "TONY STARK DESAPARECIDO!"

O Visão pegou a mão de Wanda e a beijou, em seguida se virando e se preparando para o que viria.

– Preciso ir.

Mas Wanda se recusava a deixá-lo.

– Não, Visão … Visão, se for verdade, então… então talvez não seja uma boa ideia ir. – Wanda estava em pânico.

– Wanda, eu… Argh! – Seus olhos se arregalaram de choque e de dor conforme ele se curvava a partir da cintura.

– Visão! – A energia mágica vermelha de Wanda rodeou suas mãos como uma névoa crepitante enquanto ela via, aterrorizada, o que havia acontecido ao seu amor.

Uma lâmina afiada perfurava o peito do Visão e o levantava a um metro do chão. A aparência humana dele se desfazia: sua pele ficava vermelha e as roupas se tornavam seu traje verde e dourado com capa. Aos gritos, ele foi lançado com desprezo ao meio da rua pavimentada.

Atrás do Visão, Corvus Glaive rosnava.

—

Os olhos de Wanda se estreitaram.

O brilho nas mãos da Feiticeira Escarlate ficou mais intenso, adquirindo um tom vermelho mais ofuscante enquanto ela as movia para conjurar um feitiço. Ela levantou as mãos, mirou... E foi atingida por uma rajada azul antes que pudesse fazer qualquer coisa para salvar o Visão. O corpo de Wanda foi arremessado e atravessou uma vitrine do outro lado da rua. Do outro lado da rajada estava Próxima Meia-Noite, segurando um bastão que zunia com uma energia azul que circundava as duas pontas.

O Visão estava deitado no chão, temporariamente paralisado, com Corvus Glaive e Próxima Meia-Noite de pé sobre ele. Corvus Glaive estava com a lâmina a postos e a usava para tocar a Joia da Mente na testa do Visão. Embora a Joia fosse muito mais poderosa que a lâmina, Visão soltou um grito, sentindo como se a lâmina perfurasse seu cérebro. Corvus reajustou o peso nas pernas, recolocou a lâmina contra a Joia e tentou arrancá-la novamente.

Antes que o Visão pudesse sequer pedir ajuda, ambos os inimigos foram lançados ao ar, voando a dois quarteirões de distância. O Visão virou a cabeça e viu a Feiticeira Escarlate, com todo o seu poder e toda a sua fúria, saindo da vitrine recém-quebrada. Wanda mexia as mãos e os raios vermelhos dançantes rodeavam o Visão, levantando-o acima do chão e para longe de Corvus e Próxima. Wanda alçou voo atrás dele e sua mágica continuou a sustentá-los no alto, transportando-os com sucesso a uma distância segura para que ela conferisse os ferimentos dele. Ela o puxou até um beco escuro, colocou-o no chão com gentileza e começou a costurar o enorme buraco da lâmina com seus poderes.

— A lâmina. Ela me impediu de ficar intangível. — Normalmente, ele seria capaz de atravessar qualquer objeto sólido com um simples pensamento.

— E isso é ao menos possível? — perguntou Wanda, focando-se no ferimento.

— Não deveria se-se-s... — o Visão pifou por um momento, com faíscas saindo do buraco em seu peito. Seu tom amoleceu. — Meus sistemas estão falhando. — Wanda continuava o esforço, sem poder aceitar que esta ferida ou estes inimigos fossem algo além de completamente derrotáveis. Ela não perderia o Visão. Não desse jeito. De jeito nenhum.

Ela continuava tranquila e destemida enquanto costurava, esperando dar a ele a paz que ele lhe dera tantas vezes antes. Enquanto trabalhava, mantinha com desespero o pensamento compartimentalizado. Se ela acreditasse por um segundo sequer que perderia o Visão, ela... ela... O que restaria para ela? Como ela seguiria adiante?

Não. Absolutamente não. Ele ficaria bem.

Ele tinha que ficar bem. Tinha que ficar.

Forçando um sorriso, o Visão levou sua mente para meia hora antes.

— Estou começando a achar que deveríamos ter ficado na cama. — Ele deu um leve riso para Wanda. O brilho em seus olhos logo sumiu e ele empurrou Wanda na hora certa. Corvus Glaive saltou para o mesmo lugar onde a Feiticeira Escarlate estivera ajoelhada momentos antes. Agora, em vez do rosto amoroso e sereno de Wanda, Visão encarava uma criatura que o queria morto agachada sobre ele.

Corvus Glaive agarrou o Visão pelo pescoço e saltou às alturas com seu corpo musculoso e tensionado. Os dois bateram contra uma igreja a alguns metros dali.

– Vis! – Wanda gritou. Ela correu pela rua e desviou com rapidez de um relâmpago azul. Ela havia previsto que Próxima Meia-Noite estaria ali e manteve os ouvidos atentos para o zumbido de sua arma.

Próxima Meia-Noite marchou até a mulher, com o rosto contorcido de raiva. Sem se deixar intimidar, Wanda respondeu com sua própria careta e com as mãos vermelhas e prontas para lutar. Próxima golpeou com o bastão na direção de Wanda, mas esta era uma mulher que havia sido treinada pelos melhores combatentes da Terra. Ela curvou o seu tronco para trás, deixando o bastão passar por cima dela. Enquanto a arma golpeava o ar, Wanda liberou uma magia que usava o embalo do bastão para jogar Próxima a nove metros de distância.

Wanda voltou sua atenção para Corvus e o Visão, estando o último gravemente ferido e praticamente incapaz de lutar. Porém, antes que pudesse ajudá-lo, ela pagou o preço por sua distração: o bastão de Próxima Meia-Noite acertou a Feiticeira Escarlate nas costas, fazendo-a gritar.

Corvus Glaive rosnou uma proposta.

— Nos dê a Joia e ela fica viva.

Soltando um grito primitivo, o Visão agarrou o pescoço de Corvus e lançou-o às alturas. Eles bateram na torre de uma igreja e caíram em um telhado distante, interrompendo suas trajetórias com dor e exaustão. Os dois pularam para o alto e continuaram lutando até que o Visão soltou um raio de energia poderoso que emanou da Joia da Mente. Corvus Glaive teve um milissegundo para bloquear a maior parte da rajada com sua lâmina, mandando raios de energia por várias direções no centro da cidade. Um raio se refletiu perfeitamente e acertou o Visão no peito, jogando-o para trás.

Com sua atenção na luta entre Corvus e o Visão, Próxima Meia-Noite não viu as mãos de Wanda readquirirem energia antes que fosse tarde demais. Ela fez a vilã voar de encontro a um veículo em chamas no acostamento. Com Próxima temporariamente incapacitada, Wanda disparou para a origem dos gritos do Visão. Ela se deparou com Corvus novamente sobre seu grande amor, com a lâmina pressionando violentamente a Joia da Mente na testa do Visão. Enquanto andava até ele, os olhos de Wanda começaram a brilhar.

— Solta ele. — Não era apenas um aviso. Corvus Glaive foi erguido a mais de quatro metros de altura e em seguida lançado ao ar. Wanda pegou Visão e, em seguida, elevou tanto ela como ele no ar. Mas não foi o suficiente. Do chão, Próxima mirou seu bastão no casal e disparou uma rajada azul. Foi um tiro certeiro, fazendo Wanda e o Visão atravessarem o telhado de um galpão ferroviário.

Eles aterrissaram com uma força angustiante, deslizando e rolando pelo chão do galpão. Wanda se inclinou até o Visão e tentou levantá-lo.

– Vem, anda. Anda. Você tem que se levantar. – Mas ele não se mexia. Inabalável, Wanda insistiu. – Tem que se levantar. Vamos lá. Ei, temos que ir. Tá? – Wanda estava operando no piloto automático. Cada pedacinho de seu corpo estava ferido de formas novas e terríveis, mas ela não sentia dor. Ela tinha um objetivo: garantir a segurança do Visão. E nada ficaria entre ela e o cumprimento desse objetivo.

O mais sutil dos sorrisos passou pelos lábios do Visão enquanto ele levantava um braço e tocava o rosto dela. Ele a amava e, por amá-la, precisava que ela se afastasse dele o máximo possível. Wanda não entendia o quanto era importante para ele que ela vivesse. Ela dera a ele mais vida que ele jamais teve direito de ter. Ela o tinha amado. Amado de verdade. Uma experiência de vida que ele jamais achou que seria capaz de ter. Como ela seria capaz de compreender de fato o que havia lhe dado?

– Por favor. Por favor, vá embora.

Wanda se aproximou mais ainda.

– Você pediu para eu ficar. Vou ficar. – Ela disse, feroz e intensa.

– Por favor – foi tudo o que o Visão conseguiu dizer antes que Próxima Meia-Noite e Corvus Glaive atravessassem o telhado, um de cada vez. Eles andaram até o casal caído, prontos para acabar com a luta de uma vez por todas.

Wanda e Vis morreriam juntos. Bem ali. Naquela noite. Pois se um deles morresse, não havia razão para o outro viver.

Wanda se levantou e encarou os dois oponentes enquanto um trem expresso passava pela estação logo atrás dela. A cidade era pequena demais para que ele parasse, mas, entre os vagões, Wanda podia jurar ter visto... algo. Alguém? Próxima Meia-Noite seguiu o olhar dela. Conforme o trem passava, ficava óbvio que havia uma silhueta nas sombras.

Próxima jogou sua arma no vulto. O homem a pegou e veio à claridade. O cabelo ligeiramente desarrumado, a barba loura e o uniforme preto tático, com um conhecido bordado em forma de estrela no peito, fizeram Wanda soltar um suspiro aliviado e audível.

O Capitão América havia chegado.

A presença de Steve Rogers ressoava pelo galpão deserto. Ele permaneceu parado e com total compostura diante de Próxima e Corvus, que, tão confiantes até então, agora recuavam de sua presa, hesitantes.

E como suas atenções estavam totalmente dedicadas ao Capitão América, nem Corvus, nem Próxima perceberam Sam Wilson, também conhecido como o Falcão, chegar num voo rasante logo atrás deles.

Sam chutou Próxima, fazendo-a voar pela estação e atravessar a fachada de uma loja ali perto. Enquanto Corvus cambaleava, Sam deu uma volta e disparou quatro mísseis no filho esguio de Thanos. Um dos mísseis errantes explodiu em uma parede, iluminando por um momento a Viúva Negra, que corria destemida e diretamente na direção de Corvus Glaive.

Steve jogou o bastão de Próxima para o braço esticado da Viúva Negra. Natasha pegou-o sem desacelerar, deslizou abaixo da lâmina de Corvus e golpeou. O bastão e a arma de Corvus soltaram faíscas ao se encontrarem.

Os dois digladiaram, bastão contra lança, por alguns momentos. Por nunca tê-la enfrentado, Corvus percebeu tarde demais que ela estava apenas testando-o para descobrir seu ponto fraco.

Sem aviso prévio, Natasha girou rapidamente, ficando em uma posição agachada, e enfiou o bastão de Próxima no flanco de Corvus, que derrubou sua lança e soltou um uivo enquanto Natasha afundava ainda mais a arma. Ela queria garantir que Corvus não participaria mais da luta.

Sentindo o bastão tremer em sua mão, a Viúva Negra prontamente o soltou, a tempo de que ele voasse sozinho pelo ar, convocado por Próxima Meia-Noite.

Entrando na luta com uma cambalhota, o Capitão pegou a lança de Corvus e defletiu o bote mortal que Próxima desferiria em Natasha. Enquanto o Capitão e Natasha enfrentavam Próxima, Sam viu uma oportunidade: deu outro rasante e novamente a lançou pela estação com um chute, dessa vez fazendo-a cair a menos de um metro do parceiro caído.

Capitão e Natasha estavam de pé sobre a dupla ferida e incapacitada. Sam pousou próximo a eles e sacou suas duas armas.

– Levante – disse a voz grave e retumbante de Próxima.

– Não consigo – respondeu Corvus, fraco.

– Não queremos matá-los, mas não ache que não vamos – disse a Viúva Negra, a voz limando friamente.

– Vocês não terão outra chance – avisou Próxima, cuja voz parecia ecoar. O trio observou, com um silêncio atônito, uma luz azul brilhar ao redor de Próxima e Corvus, elevando-os para fora do galpão e para dentro da espaçonave que os aguardava acima, puxando a lança de Corvus da mão do Capitão.

Enquanto a espaçonave partia, o trio voltou sua atenção ao que importava: Wanda e Vis.

– Você consegue se levantar? – Sam perguntou ao Visão, oferecendo a mão em seguida. Com um braço ao redor de Sam e outro firmemente ao redor de Wanda, o Visão finalmente e com esforço ficou em uma posição mais ou menos ereta. Capitão e Natasha estavam diante dele, amparando o androide gravemente ferido e com os sistemas instáveis.

– Obrigado, Capitão – disse o Visão.

Também desgastado, o rosto de Capitão América estava estoico quando ele aceitou o agradecimento do Visão. Seus olhos subiram até a Joia da Mente alojada firmemente na testa dele, um lembrete de que isso não era uma mera reunião acidental de velhos amigos. O que quer que esses últimos dois anos tivessem sido – uma pausa, um hiato –, eles estavam oficialmente se encerrando. O Capitão sabia que suas próximas palavras colocariam em ação uma série de eventos que nem mesmo ele poderia controlar.

– Vamos levá-lo até a nave – disse o Capitão, tentando manter sua voz enganosamente leve.

Momentos mais tarde, o Capitão América, o Falcão, a Viúva Negra, a Feiticeira Escarlate e o Visão – todos eles fora da lei graças ao Tratado de Sokovia – estavam em um Quinjet, decolando da vila escocesa na qual Wanda e o Visão haviam encontrado paz e tranquilidade.

– Olha, eu achei que tínhamos um acordo. Fique por perto, nos mantenha atualizados, não corra riscos – disse a Viúva Negra, com exaustão e uma leve frustração carregadas em cada uma de suas palavras.

– Desculpe. Só queríamos mais tempo – disse Wanda, acomodando-se perto do Visão.

Suas palavras falaram alto a Steve, de pé no centro do Quinjet. Tempo. Para alguém que havia ultrapassado sua cota de tempo na Terra, ele nunca parecia ter tempo para si. Entendia perfeitamente por que Wanda e Vis queriam roubar um pouquinho desse bem precioso.

– Para onde, Capitão? – perguntou Sam, sentado diante do painel de controle do Quinjet. As palavras tiraram Steve do lugar, seja onde fosse, em que ele havia permitido perder-se.

Steve olhou para a Feiticeira Escarlate e o Visão. Eles haviam crescido tanto nesses últimos dois anos. Individualmente e juntos. Mas eles não tinham ideia do que estavam prestes a enfrentar. Ou do quanto todos naquele Quinjet precisariam uns dos outros. A decisão era fácil. Sua voz estava clara e resoluta quando ele respondeu.

– Para casa.

CAPÍTULO 7

74

Shhh – dizia uma mãe, cobrindo com gentileza a boca chorosa da filha. – Ficaremos seguras. Ficaremos seguras.

A mulher Zehoberei tirava o cabelo rubro da testa verde-esmeralda da filha. Era uma criança especial. É certo que os invasores, visíveis por entre as tábuas de madeira da choupana onde se escondiam, reconheceriam esse fato e as poupariam.

Do lado de fora, os gritos dos Zehobereis aumentavam conforme vidas e mais vidas eram cessadas por tiros dos soldados implacáveis a serviço do temido Thanos. A mãe da garota nunca imaginou que o titã fosse atacar seu planeta pacífico, visto que ele tinha tantos outros, a ponto de seu nome, mesmo quando sussurrado ao vento, causar um frio na espinha. A garotinha gritou.

– Shhh, Gamora – a mãe sussurrou, desesperada. Mas era tarde demais.

Com um enorme estrondo, as portas da choupana partiram-se para dentro com o chute pesado de um soldado. A menina gritou enquanto era arrancada dos braços da mãe. O povo Zehoberei estava dividido em dois grupos, com uma via larga entre eles. Naves anelares pairavam acima. Um exército insetoide empurrava as pessoas, mantendo os grupos separados à força. A menina foi levada para o lado oposto da mãe, que chorava tanto pela tristeza de saber que não veria a filha crescer como pela alegria de saber que a menina sobreviveria.

– Mãe! – gritou Gamora, enquanto era puxada com violência para cada vez mais longe.

– Zehobereis – disse a voz melódica de Fauce de Ébano enquanto ele andava pela via que dividia a população pela metade.

– Escolham um lado. De um lado há uma revelação, do outro, uma honra conhecida por poucos.

A filha correu de um lado para o outro, à procura.

– Cadê minha mãe? Mãe! – a garotinha exigia, corajosa mesmo diante da possível morte. Ela passou por um guarda, agilmente desviando dele, e correu diretamente até o homem que ela sabia ser o responsável. O homem que usava o capacete e a armadura de um comandante. O homem cuja pele cor de lavanda era mais resistente do que o couro da maioria dos animais que ela já vira caçarem.

Thanos olhou para baixo.

– Qual é o problema, pequenina?

A garota colocou os punhos nos quadris e ousou encarar Thanos.

– Minha mãe? Cadê minha mãe?

O titã se agachou, curvando-se para que eles conversassem cara a cara.

– Qual é o seu nome?

– Gamora – a garota escarrou com um tom desafiador.

– Você é uma tremenda guerreira, Gamora. – Ele estendeu a mão para ela. – Venha. Deixe-me ajudá-la.

Ela estendeu a mão, deixando os dedos minúsculos envolverem o indicador do titã. Os dois se afastaram da multidão dividida e foram para uma cabana aberta, dentro da qual Thanos se ajoelhou.

Thanos revelou uma empunhadura vermelha e a mostrou a Gamora.

— Veja. É bonita, não é?

Gamora deu de ombros. Thanos tocou um botão e lâminas iguais uma a outra saíram das duas pontas. Com isso, os olhos de Gamora se arregalaram. Ele equilibrava as lâminas com o dedo indicador, deixando-o estrategicamente abaixo de uma grande pedra vermelha e ornamentada no centro da empunhadura.

— Perfeitamente equilibrada, como as coisas devem ser — Thanos instruiu. — Muito para um lado ou para o outro... — enquanto falava, ele deixava a lâmina vacilar, quase caindo, antes de equilibrá-la novamente. Ele a entregou para sua nova protegida. — Aqui, tente você. — Gamora pegou o objeto, que parecia muito maior em sua mão diminuta. Ela tentou equilibrar as lâminas como Thanos havia feito.

Atrás deles, Fauce de Ébano havia terminado sua marcha entre os zehobereis, bem divididos em dois grupos de igual número.

— Agora — Fauce proclamou — sigam em paz e conheçam vosso criador.

Em um dos lados dos zehobereis, os soldados de Thanos avançaram e abriram fogo. Ambos os lados gritaram. No momento em que Gamora estava prestes a olhar para trás, Thanos direcionou sua atenção novamente para as lâminas em equilíbrio. Ele sabia de que lado sua mãe estava e queria poupar Gamora da cena.

— Concentre-se — ele disse, ao passo que ela começava a ganhar controle sobre a lâmina, com a empunhadura no centro de seu dedo, sem nenhuma das lâminas se mexendo. — Pronto. Você conseguiu.

E assim Thanos soube que tinha uma nova filha. Uma que cresceria e viraria a mais preciosa entre todos eles.

Muitos anos depois, segurando a mesma lâmina, Gamora olhava a paisagem enquanto a nave dos Guardiões se aproximava de Lugarnenhum. Seus pensamentos foram interrompidos pela passada familiar de Peter Quill. O Senhor das Estrelas estava equipado com armas adicionais para o ataque a Thanos. Com um cinto de granadas em mãos, ele estava prestes a lhe fazer uma pergunta quando ela ergueu a mão.

— Gamora, você sabe se essas granadas são do tipo que explode a genitália ou se são de gás? Porque eu estava pensando em colocar algumas aqui no meu cinto, mas não quero colocar se elas forem…

— Preciso te pedir um favor — Gamora interrompeu.

— Sim, claro — Quill deu de ombros casualmente.

Gamora suspirou como se o peso do universo estivesse sobre seus ombros.

— De um modo ou de outro, o caminho que trilhamos leva a Thanos. — Ela se levantou.

– Por isso as granadas – Quill brincou, jogando uma para cima e pegando-a. Gamora olhou para ele com um olhar sério e implorante. Precisava dele. O rosto de Quill imediatamente perdeu a jocosidade.

– Desculpe. Qual é… Qual é o favor? – ele perguntou, com uma voz que agora era um sussurro sóbrio. Gamora virou-se para não olhá-lo diretamente.

– Se der errado… – Quill escutava com o cenho franzindo a cada palavra dolorosa de Gamora. – Se Thanos puser as mãos em mim. – As palavras entalaram na garganta. Ela se virou e olhou para ele. Havia súplica e urgência em seus olhos. – Preciso que você me prometa… – sua voz virou um sussurro rouco – que vai me matar.

– O quê? – Quill olhou para Gamora. Aguardando. Esperando que tivesse ouvido errado. Que ela não quisesse dizer que ele deveria mesmo…

– Eu sei algo que ele não sabe. – Gamora virou-se, incapaz de continuar encarando-o enquanto o peso de seu pedido era digerido. – E se ele descobrir, o universo inteiro correrá perigo.

– O que você sabe? – Quill perguntou, sério.

– Se eu te contasse, você também saberia – Gamora era pragmática na declaração. Quill entendeu imediatamente o que ela estava fazendo. Ele foi para mais perto dela.

– Se é tão importante… – ele parou de falar ao estender o braço até ela, com os dedos envolvendo seu braço. Seu toque a abrandava, e ela enfim se virou para ele – não é melhor eu saber?

– Só se você quiser morrer – sua voz era um sussurro aflito.

– Por que alguém sempre precisa morrer nessa história? – Quill protestou. Ela se aproximou dele.

– Só confie em mim. E... se for o caso, me mate – ela disse, engolindo em seco. Gamora pôde ver Quill erguendo suas defesas. Para ele, sempre havia um plano (ou, pelo menos, uma fração de um plano) que garantiria a segurança dele e dos seus. O que Gamora propunha soava definitivo demais. E Quill não estava pronto para admitir que a situação já era tão grave quanto Gamora acreditava ser.

Ele precisava tirar essa ideia da cabeça dela. Precisava fazê-la ver que ficaria tudo bem e que eles sobreviveriam, assim como sobreviveram a todo o resto. Precisava que ela parasse com essa conversa de gente morrendo e voltasse a pensar no futuro duradouro e economicamente abundante que aguardava os dois e sua modesta e perfeita família disfuncional de marginais.

– Digo, eu adoraria. De verdade, mas você...

Gamora pôs a mão sobre a boca de Quill. Ela precisava interrompê-lo antes que ele recuasse totalmente para seu mundinho seguro, onde ele não levava nada a sério e emoções reais eram coisa de otário.

– Me prometa. – Os olhos de Gamora se fixaram nos dele. – Prometa em nome da sua mãe – ela disse, levando Quill à única coisa que o forçaria a manter sua palavra. Ela tirou a mão da boca dele ao ver nos seus olhos que ele finalmente entendia. Levou bastante tempo para que ele respondesse. Até então, ele sempre pôde sair de uma situação com sua lábia, mas, naquele momento, ele estava completamente sem palavras.

– Está bem. – Gamora olhou para ele. E ele aquiesceu. Ele havia entendido. Finalmente havia entendido. – Está bem. – repetiu. Sem piadas. Só aquelas palavras.

O silêncio se espalhou conforme Gamora olhava para ele, com lágrimas nos olhos. Quill estendeu o braço e as enxugou com o dorso da mão. Ela permitiu que ele a confortasse. Permitiu-se ser amada por alguém. Tão amada que ele a salvaria da única coisa que ela era incapaz de vencer por conta própria. Ela se aproximou e o beijou, agradecendo sem palavras por amá-la a ponto de juntar coragem para matá-la, se fosse necessário.

Enquanto Quill e Gamora se perdiam um no outro, um som de CRACK ressoou pelo cômodo. Eles olharam para o outro lado da sala e viram Drax, parado nas sombras, comendo um pacote de zarg-nuts.

– Há quanto tempo você tá parado aí, cara? – Quill perguntou enquanto relembrava toda a conversa que tivera com Gamora, sem falar no beijo apaixonado deles.

– Uma hora – respondeu Drax.

– Uma hora? – Quill repetiu, incrédulo. – Está falando sério?

– Eu dominei a habilidade de ficar tão incrivelmente imóvel que fico invisível a olho nu. Observem. – A voz de Drax era misteriosa e séria enquanto ele pegava um zarg-nut do pacote e o levava até a boca. Completamente visível. Aos olhos de qualquer um. Nem um pouco invisível.

– Você... está comendo um zarg-nut. – Quill já estava farto daquilo que Drax estava fazendo, seja lá o que fosse.

– Mas meu movimento é tão lento que é imperceptível...

– Não. – Quill e Gamora balançaram a cabeça.

– Tenho certeza de que estou invisível. – Drax manteve a postura.

– Oi, Drax! – disse Mantis ao entrar na sala.

– Droga. – Drax apertou o pacote de zarg-nuts e se retirou.

Não havia ninguém em Lugarnenhum, aparentemente.

– Parece deserto – Quill disse enquanto sua nave sobrevoava o local, sondando o mundo abandonado e vazio.

– Há uma leitura de movimento no terceiro quadrante – percebeu Drax.

Gamora tentou preparar-se o máximo que podia. Thanos estaria lá, esperando? Ele já havia passado por lá? Ela sempre soubera – bem no fundo e em cada futuro possível para o qual havia se preparado – que era mera questão de tempo até ficar cara a cara com Thanos. Todos os caminhos levavam diretamente a ele. Sempre levaram. Seu rosto desmoronou enquanto a realidade da situação percorria todo o seu corpo.

– É, estou captando também – disse Quill. – Vamos pousar aqui. – Ele aterrissou a nave dos Guardiões com segurança em meio aos restos do planeta.

Eles foram ao antigo local do museu do Colecionador, que agora era uma mera carcaça da versão original. Os Guardiões andaram silenciosamente pela área cavernosa e repleta de curiosidades e riquezas que haviam sido coletadas ao longo de eras e colocadas em exposição ali. Eles pararam imediatamente quando ouviram a voz grave e descontente de Thanos ordenando que Taneleer Tivan, o Colecionador, entregasse a Joia.

– Qualquer um na galáxia sabe que você venderia o próprio irmão se achasse que isso lhe traria a menor das lembrancinhas à sua coleção patética.

Gamora enrijeceu ao ouvir a voz de Thanos ecoar pelo museu abandonado.

Quill levantou um punho, sinalizando para que os demais Guardiões parassem. Um a um, eles o ultrapassaram, ignorando completamente seu capitão. Com um suspiro, Quill foi atrás da tripulação insubordinada, que assistia à cena diante deles. O Colecionador estava deitado de costas no chão, ensanguentado e implorando pela própria vida. Thanos estava de pé sobre ele, sem armadura nem paciência.

– Sei que você tem a Joia da Realidade, Tivan. Dá-la a mim lhe poupará de bastante sofrimento. – Thanos deu um passo a frente, colocando o pé pesado no meio do peito do Colecionador.

– Já disse. Eu vendi. Por que eu mentiria? – As palavras do Colecionador saíam exaustas e entre engasgos; o peso do pé de Thanos espremia todo o fôlego que lhe restava.

– Imagino que seja como respirar para você. – Thanos baixou o olhar desdenhoso ao Colecionador, que se contorcia.

– Como suicídio. – Um brilho assombroso apareceu nos olhos desvairados do Colecionador.

– Quer dizer que você entende. – Um sorriso se formou no rosto de Thanos. – Nem mesmo você abriria mão de algo tão precioso.

– Eu não sabia o que era – as palavras eram cheias de súplica e dor.

– Então você é mais tolo do que eu imaginava. – Thanos tirou seu olhar da presa, parecendo considerar se acreditava nessa versão da verdade.

– É ele – Drax fumegou, olhando de longe.

– Última chance, charlatão. Onde está a Joia? – Thanos pressionou o pé contra o peito do Colecionador.

Drax inalou fundo.

– Hoje…

– Drax. Drax… – Quill tentou chamar a atenção de Drax antes que ele fizesse alguma estupidez, como da última vez em que estiveram em Lugarnenhum e ele decidiu enfrentar sozinho Ronan, o Acusador. Não deu certo daquela vez e daria mais errado ainda naquele momento.

Mas era tarde demais para Drax dar ouvidos à razão.

– Ele pagará pelas mortes de minha esposa e de minha filha.

– Drax, espere. – Drax sacava sua faca ao mesmo tempo em que Quill desesperadamente o alertava aos sussurros. – Ainda não, ainda não, ainda não. – Quill deu passos rápidos, tentando interromper o avanço acelerado de Drax pelo caminho aberto. – Drax. Drax, Drax, Drax. Me escuta. Ele ainda não tem a Joia. Se a pegarmos, teremos como detê-lo. Precisamos pegar a Joia primeiro.

– Não. Não. Por Ovette. Por Kamaria. – Drax se impulsionou em direção a Thanos, mas Mantis se esgueirou para trás dele e, no último momento possível, tocou-o com sua mão e sussurrou:

– Durma.

O homem corpulento caiu feito uma pedra.

O baque da queda de Drax ecoou pelo museu e, ao passo que Thanos perscrutava a área, os Guardiões restantes se agacharam, buscando cobertura.

Thanos tirou seu pé de cima do Colecionador e jogou o homem para dentro de uma de suas próprias caixas de exposição. Olhando ao redor em busca da origem do baque alto, Thanos começou a andar na direção deles.

– Ok – Quill sussurrou. – Gamora, Mantis, vocês vão pela direita... – Gamora começou a avançar pela esquerda, espadas em riste, saltando para ficar numa posição mais elevada. – Pela *outra* direita.

Gamora pegou Thanos de surpresa, mas o titã robusto por pouco conseguiu desviar-se de uma das lâminas antes que ela desferisse um golpe fatal. Outro ataque, outra deflexão. Pai e filha grunhiam a cada bloqueio e estocada, concentrados apenas naquela batalha. Uma batalha que podia salvar o universo ou destruí-lo.

Quando Gamora desferiu uma espadada mirando a cabeça de Thanos, o sujeito que ela já havia chamado de "pai" pegou a lâmina entre as duas mãos e a quebrou ao meio. Sem se deter, Gamora angulou o corpo e aplicou uma estocada, com a arma encontrando a abertura. Ela afundou a lâmina no pescoço de Thanos.

Os olhos do inimigo se arregalaram, chocados, e ele pegou a espada para tirá-la de si, mas Gamora tinha um último truque na manga.

De sua bota, Gamora revelou a empunhadura perfeitamente equilibrada: o primeiro presente que Thanos lhe dera. Ela liberou as duas lâminas e deixou o objeto dançar em seu dedo por um momento antes de... "THUNK!" Ela enfiou a lâmina equilibrada no peito de Thanos, restaurando a ordem no universo.

– Por quê? – Thanos agonizou. Ele caiu de joelhos antes de se precipitar para trás, apoiando-se em uma caixa de exposição destruída e retorcida. Gamora começou a chorar quando a mão dele se estendeu para ela. – Por que você, minha filha? – Gamora caiu em prantos ao ver a mão esticada cair sem vida no chão. O Colecionador olhava incrédulo de dentro da sua caixa de exposição.

– Essa foi rápida – Quill disse para Drax, agora acordado. Ambos ainda estavam longe.

O Colecionador começou a aplaudir.

– Magnífico! Magnífico! Magnífico! – Ele comemorava enquanto Gamora continuava a chorar.

– É tristeza que percebo em você, minha filha?

Gamora olhou para baixo, e o corpo de Thanos estava desaparecendo. Sua voz, porém, ecoava por todo o Lugarnenhum.

– No fundo, eu sabia que você ainda se importava. Mas nunca se tem certeza.

Ao redor deles, Lugarnenhum mudou. O Colecionador desapareceu da caixa onde estava. Recipientes estavam destroçados; artefatos de valor inestimável, esmagados. Pior: tudo estava em chamas.

Lugarnenhum ardia ao redor deles, destruído pelo exército de Thanos.

A voz do titã louco rosnou outra vez:

– A realidade muitas vezes é decepcionante.

Um ligeiro sopro de vento passou por eles quando uma fatia do mundo abriu um buraco no próprio tecido da realidade. Thanos, segurando a Manopla do Infinito, revelou as três Joias agora em sua posse, incluindo a vermelha cintilante: a Joia da Realidade.

– Digo, era assim. – Ele deu um sorriso perverso. – Agora, a realidade pode ser o que eu quiser.

Quando a verdadeira situação dos arredores foi revelada por completo aos Guardiões, Gamora empalideceu.

– Você sabia que eu viria.

– Contava com isso – ele disse num tom neutro. – Há algo que precisamos discutir, pequenina. – Gamora olhou para Thanos e, em seguida, avançou até sua espada. Mas Thanos foi mais rápido. Em um instante, ele a pegou e a suspendeu no ar enquanto sua espada tinia no chão.

Drax, com seu inimigo mortal e o assassino de sua família em vista, rugiu para o titã:

— Thanos!

Enquanto ele avançava com as duas facas erguidas, Drax começou a mudar. Iluminado pelo brilho da Joia da Realidade na Manopla do Infinito, o corpo de Drax emitiu um clarão antes de se dividir em cubos e desmoronar como uma pilha de tijolos de barro.

Gamora viu Thanos se virar para Mantis, com um sorriso malicioso no rosto.

— Não!

Mas era tarde demais. O corpo de Mantis se desenrolou como um laço, se espalhando de forma espiralada.

Thanos agarrou sua filha e a puxou para perto de si. Desta vez, sem truques.

— Solta ela, cara de ameixa — berrou Quill, com a pistola de raios apontada. Thanos olhou para Quill, inclinando a cabeça, confuso.

— Peter — implorou Gamora, presa às garras de Thanos.

— Eu falei pra você ir pela direita — disse Quill, indicando que ele não tinha nenhuma intenção de manter sua promessa.

— Agora? Mesmo? — Gamora perguntou, com a voz engasgando.

— Solta ela! — Quill gritou.

— Ah. O namorado. — Thanos não parecia impressionado. Os olhos de Peter flamejavam em fúria.

— Eu me considero mais como um ficante recorrente que mata titás. — Seus dedos se contraíram ao redor da arma de fogo. — Solta. Ela. — Ele cuspiu uma palavra de cada vez.

— Peter — Gamora suplicou.

— Eu vou arrancar esse queixo da sua cara... — Mas Quill foi interrompido por Gamora, mais uma vez pronunciando seu nome.

— Peter. Ele não. — Ela chorava, mas sua respiração finalmente estava se estabilizando. Quill olhou para ela e o tempo pareceu ficar mais lento enquanto ele mantinha a mira da arma firmemente em Thanos, não em Gamora. Sua mente vacilou, buscando outra saída. Qualquer outra saída. Gamora percebeu a hesitação.

— Você prometeu. — Ela clamou. Entre engasgos, murmurou o apelo mais uma vez. — Você prometeu.

Com cada gota de controle sobre si mesmo, Quill baixou sua pistola para que ela apontasse diretamente para o amor de sua vida. Gamora arquejou aliviada e fechou os olhos.

— Ora, minha filha. Você espera demais dele. — Thanos cravou os olhos em Quill — Ela pediu, não foi? — Gamora olhou para Peter, cada vez mais resignada. — Vá em frente. — Thanos incitou enquanto lágrimas começavam a encher os olhos de Peter. Perdendo a paciência, Thanos aproximou-se, colocando Gamora bem em frente ao cano da arma de Quill. — Atire! — ele gritou.

A voz de Peter fraquejou. Não havia outra maneira e ele sabia disso.

— Eu falei pra você ir pela direita...

— Eu te amo mais que tudo. — Olhando diretamente nos olhos de Peter Quill, Gamora disse aquelas palavras pela primeira vez. E, provavelmente, pela última.

Peter não hesitou.

— Eu também te amo.

O casal fechou os olhos, sem querer ver o cumprimento do pacto entre eles. Gamora se preparou, ouviu Peter puxar o gatilho e expirou, sentindo...

... bolhas? Dezenas de bolhas saíam do cano da pistola de Peter. O brilho vermelho da Joia da Realidade as fazia reluzir como rubis de éter.

— Gostei dele — Thanos disse, com um risinho.

Antes que Peter e Gamora pudessem se dar conta do que havia acontecido, uma nuvem de fumaça preta envolveu Thanos e sua filha cativa, teletransportando-os para longe.

Drax e Mantis começaram a voltar para suas formas normais, mas Peter, segurando a espada quebrada de Gamora, tinha a sensação visceral de que nada jamais voltaria a ser normal.

PARTE 3

65

CAPÍTULO 8

58

No Quartel-General dos Vingadores, as emoções estavam à flor da pele. Tony Stark estava desaparecido e provavelmente fora do planeta, e Ross – agora Secretário de Estado dos EUA – interrogava James Rhodes – também conhecido como Máquina de Combate – sobre o paradeiro do Visão enquanto Bruce Banner assistia de longe.

– Ainda nenhuma notícia do Visão? – perguntou o Secretário Ross, com sua imagem holográfica tremeluzindo pelo sistema de comunicação.

– Os satélites o perderam em algum lugar em Edimburgo – Rhodey respondeu, cansado.

– Em um Quinjet roubado com quatro dos criminosos mais procurados do mundo. – Ross estava no conforto de uma sala de conferência longe dali, cheia de outros membros do Gabinete e oficiais de alto escalão.

– O senhor sabe que eles só são criminosos porque o senhor decidiu defini-los assim, certo, senhor Secretário? – Rhodey estava farto.

– Pelos céus, Rhodes. Sua capacidade de manipulação é comparável à minha – Ross escarrou.

– Se não fosse por aquele Tratado, o Visão estaria bem aqui.

– Pelo que eu me lembre, sua assinatura consta naqueles papéis, coronel. – Ross se levantou, saindo do outro lado da mesa para se aproximar de Rhodey, ainda que virtualmente. Um gesto que ele esperava servir para pôr um ponto final nessa questão.

— Está mesmo. E acho que já paguei por isso. — Rhodey olhou para suas pernas paralíticas, outro dano colateral da Guerra Civil, como era chamada. Rhodey só conseguia ficar de pé porque suas pernas agora eram amparadas por Tony e pela Stark Industries.

— Está em dúvida sobre seu posicionamento?

— Não estou mais. — Rhodey olhou nos olhos de Ross.

Os dois homens se viraram para ver um grupo de pessoas entrar no recinto: o Capitão América e a Viúva Negra na frente; na retaguarda, o Visão, que era segurado pela Feiticeira Escarlate e pelo Falcão.

— Senhor Secretário — o Capitão disse ao seu oficial superior holográfico. Ross demorou-se antes de responder, aproximando-se para absorver por completo a presença do Capitão desgarrado.

— Você tem muita coragem, isso eu preciso dizer — disse o secretário Ross, observando os cinco recém-chegados.

— Um pouco de coragem não faria mal a você neste momento — Natasha disse, fria. Ela sempre intervinha, socorrendo Steve quando a resposta adequada não era respeitosa nem educada. O Secretário Ross lançou um olhar severo para ela e voltou sua atenção novamente ao Capitão.

— O mundo em chamas e você acha que está tudo perdoado? — Ross perguntou ao Capitão, com a voz afiada.

— Não estou atrás de perdão. E já passei da fase de pedir permissão faz tempo. A Terra acabou de perder seu melhor defensor. Então, estamos aqui para lutar. E se você ficar no nosso caminho, lutamos contra você também. – O Capitão América estava categórico e irredutível. Sua declaração livre de hesitações percorreu a sala. O Secretário Ross deu as costas para o Capitão e olhou para Rhodey.

– Prenda-os.

– É pra já – disse Rhodey, sem se mexer. Com exceção do movimento de levantar a mão e deslizá-la, removendo o holograma trêmulo de Ross do Quartel-General dos Vingadores de maneira definitiva.

– Lá vou eu para a corte marcial – Rhodey disse ao Capitão. O momento se expandiu entre eles, e, em seguida, Rhodey sorriu. – É muito bom te ver, Capitão – falou, caminhando até Steve. Eles trocaram apertos de mão.

– É bom ver você também, Rhodey. – disse Steve, tentando esconder a culpa atrás do sorriso sincero de gratidão pelo amigo.

– Oi – Rhodey disse a Natasha antes de aproximar-se para um abraço. Ela sorriu e envolveu Rhodey com seus braços, feliz em ver quitada pelo menos parte das suas dívidas dos últimos dois anos.

Rhodes deu um passo para trás, olhando para o Capitão América, a Viúva Negra, o Falcão, Wanda e o Visão, todos ainda se recuperando da luta contra Próxima Meia-Noite e Corvus Glaive na Escócia.

– Uau. Vocês estão com uma aparência horrível. – A ficha começou a cair em relação ao tempo e à distância que ele e seus ex-companheiros ficaram afastados. – Devem ter sido difíceis esses últimos... anos.

– É, bem, os hotéis não eram exatamente cinco estrelas – brincou Sam.

– Acho que vocês estão ótimos – disse uma voz familiar entrando no laboratório. Bruce Banner deu um sorriso fraco e mexeu os ombros enquanto seus companheiros o viam pela primeira vez em anos. – Pois é. Eu voltei.

– Oi, Bruce – Natasha disse com gentileza, olhando para o homem que ela um dia esperou, e talvez ainda esperasse, se tornar mais do que um amigo para ela.

– Nat – ele respondeu. O constrangimento preencheu o recinto. Bruce e Natasha não conseguiam tirar os olhos um do outro; havia muitas palavras não ditas entre eles.

– Que constrangedor – Sam disse por fim, palpando a tensão.

Bruce e os demais Vingadores reuniram-se na grande sala de estudos, agora uma sala de guerra. Bruce estava mais agitado do que nunca, tentando garantir que todos entendessem o desafio diante deles. Os Filhos de Thanos já os haviam encontrado uma vez; poderiam encontrá-los de novo. Com a Joia do Tempo em algum lugar do espaço – com sorte, segura e com Tony –, restava a Joia da Mente.

– Bem, precisamos partir do princípio de que eles vão voltar, certo? – Sam perguntou.

– E ficou claro que eles conseguem nos achar – Wanda acrescentou.

– Precisamos de todo mundo. Cadê o Clint? – perguntou Banner, referindo-se a Clint Barton, também conhecido como Gavião Arqueiro.

– Depois de tudo o que aconteceu com o Tratado, ele e Scott fizeram um acordo. Era duro demais para as famílias deles de outro modo. Estão em prisão domiciliar – disse Natasha.

– Quem é Scott? – indagou Banner, em dúvida se um dia ficaria de fato a par de tudo.

– Scott Lang. O Homem-Formiga – Capitão respondeu.

– Tem um Homem-Formiga *e* um Homem-Aranha? – indagou Bruce. – Uau. Ok, escutem. Thanos tem o maior exército do universo, e ele não vai parar até conseguir… – Bruce hesitou, olhando para o androide ferido – a Joia do Visão.

– Bem, então precisamos protegê-la. – a Viúva Negra manifestou-se.

Uma voz discreta interrompeu a conversa.

– Não. Temos que destruí-la.

Todos os olhos se voltaram para o Visão, por sua vez fitando uma janela. Levou um momento para que ele olhasse para o Capitão. Ele tocou gentilmente a Joia amarela incrustada em sua cabeça.

– Tenho pensado bastante sobre a entidade em minha cabeça. Sobre sua natureza. Mas também sobre sua composição. – Ele andou até Wanda, sabendo que suas palavras seriam recebidas com resistência, mesmo que *fosse* a coisa certa a se fazer. – Acho que se ela fosse exposta a uma fonte de energia poderosa o suficiente, uma energia de caráter similar ao dela, talvez... – Ele pegou as mãos dela, apertando-as. – talvez sua integridade molecular cedesse.

Wanda olhou para ele, imediatamente questionando seu plano.

– Sim, e você cederia junto. – Ela baixou a voz até virar um sussurro íntimo. – Nós não vamos discutir isso.

– Eliminar a Joia é o único modo de ter certeza de que Thanos não poderá pegá-la – explicou o Visão, como se a lógica tivesse algo a ver com o motivo de Wanda não querer nem pensar nesse plano.

O Capitão América só conseguia olhar, desolado, para Wanda e o Visão tendo quase exatamente a mesma conversa que ele tivera com Peggy setenta anos antes, quando mergulhou o avião da Hidra no Ártico em vez de permitir que o Tesseract explodisse e destruísse milhões de vidas humanas desavisadas. Ele não podia ficar parado e deixar que as vidas de Wanda e o Visão (bem como seus futuros) se desfizessem como acontecera com ele e Peggy. Ele tinha de encontrar outra maneira.

– É um preço alto demais – apelou Wanda.

O Visão acariciou o cabelo dela.

– Só você tem o poder de pagar esse preço. – Wanda se afastou do Visão enquanto ele continuava falando. – Thanos ameaça metade do universo. – Ele se virou para olhar os demais, gesticulando para si mesmo. – Uma única vida não pode ficar no caminho de sua derrota.

O silêncio que se seguiu foi cortado por uma voz imperiosa quando o Capitão América se manifestou.

– Mas deveria. – O Capitão balançou a cabeça. – Não barganhamos vidas, Visão.

A voz do Visão era forte.

– Capitão, setenta anos atrás, você deu sua vida para salvar quantos milhões? Me diga, por que haveria diferença agora?

Antes que o Capitão pudesse responder, Bruce entrou na conversa.

– Porque você talvez tenha uma escolha. Sua mente é composta de um construto complexo de várias camadas: JARVIS, Ultron, Tony, eu, a Joia. Tudo isso misturado, todas as partes aprendendo umas com as outras – Bruce explicou.

– Você está dizendo que o Visão não é apenas a Joia? – Wanda perguntou; sua voz fraquejava com a esperança atormentada de que poderia existir outra saída.

– Estou dizendo que se tirarmos a Joia, ainda sobra muito do Visão. – Banner sorriu diante das implicações do que dizia. – Talvez as melhores partes.

– Temos como fazer isso? – Natasha perguntou.

– Eu não consigo. Não aqui. – Bruce confessou.

– Nesse caso, é melhor achar alguém e algum lugar logo. Ross não vai deixar vocês voltarem pros seus quartos – Rhodes alertou.

Por sorte, o Capitão América já estava dois passos à frente.

– Eu sei de um lugar.

CAPÍTULO 9

53

A grandiosa Estátua da Pantera alteava as montanhas verdes e exuberantes ao redor da nação de Wakanda. Para o mundo exterior, Wakanda era um país localizado no nordeste da África, conhecido, até pouco tempo atrás, pelo pastoreio e produção têxtil.

Mas Wakanda era muito mais do que o olho podia ver.

Wakanda era a cidade mais tecnologicamente avançada da Terra. Como havia sido construída sobre uma reserva oculta do mineral mais valioso e raro do mundo, o vibranium, Wakanda sempre havia escolhido se camuflar para o mundo exterior, de modo a proteger seus tão preciosos recursos. Isso tudo mudou quando a nação perdeu seu monarca, T'Chaka, em um bombardeio terrorista nas Nações Unidas. Wakanda agora estava sob o reinado do filho de T'Chaka, T'Challa.

Mas T'Challa não servia aos cidadãos de Wakanda apenas como rei. Ele também havia herdado o manto do Pantera Negra. Com isso, ele finalmente abriu as portas de Wakanda para o resto do mundo, com tudo de bom ou ruim que essa decisão trazia.

Agora, enquanto caminhava por um campo com Okoye, a general das Dora Milaje, o rei T'Challa não tinha muitas dúvidas de que aquela era a parte ruim.

— A Guarda Real e as Dora Milaje foram alertadas.

— Avise os Jabari também. M'Baku gosta de uma boa briga. E quanto a ele? — T'Challa e Okoye se aproximaram de uma cabana simples e humilde, na qual um homem com apenas um braço trabalhava em sua terra.

— Pode ser que ele esteja cansado de guerras. Mas o Lobo Branco já descansou o suficiente. — Um dos membros da Guarda Real de T'Challa baixou uma caixa intrincada, abrindo-a para deixá-la à mostra ao homem de um braço, que agora se aproximava.

James Buchanan Barnes olhou para a caixa com uma expressão de aceitação e aflição. Pessoas como Barnes não tinham a opção de serem camponesas, dormindo noite após noite aos sons da área rural de Wakanda. Não, pessoas como ele ouviam os ponteiros do relógio andando. Ele sabia que este dia chegaria.

Quando ele lutou ao lado de Steve Rogers, era um soldado dos Aliados na 2ª Guerra Mundial, mas depois foi capturado pela Hidra e sofreu lavagem cerebral para virar um soldado a serviço das forças do mal. Fosse Bucky Barnes ou o Soldado Invernal, ele passou setenta anos lutando guerras pelos outros.

Quando Bucky pegou o braço de metal que repousava sobre a caixa, o cansaço percorreu seu corpo como uma doença.

— Onde é a batalha? — perguntou, estreitando a boca até formar uma linha.

— Ela está a caminho — respondeu T'Challa, sabendo o verdadeiro peso do que pedia naquele momento.

Qualquer outra mente — especialmente uma mente sem treino — entraria em pânico, fazendo a pessoa em questão morrer instantaneamente. Milhares de lascas de vidro a meros centímetros de distância ao redor do corpo rasgariam a pessoa se ela se movesse.

Felizmente, o doutor Stephen Strange tinha a mente mais concentrada da galáxia. No momento, isso simplesmente significava que ele estava perfeitamente imóvel, fitando as lâminas.

– Durante todo o tempo em que servi a Thanos – ele ouviu Fauce de Ébano se gabar com sua voz melódica –, nunca o desapontei.

Fauce entrou no campo de visão de Strange. O rosto do Filho de Thanos endureceu quando ele respirou, incisivo.

– Se, no momento em que nos reencontrarmos em Titã, a Joia do Tempo ainda estiver atrelada à vossa irritante pessoa, será… vexatório.

Fauce aproximou-se dele enquanto um dos vidros era movido por sua telepatia, cortando a bochecha de Strange com o mais leve toque.

– Dê-me a Joia.

Strange manteve a tenacidade. Como castigo, mais estacas começaram a espetar seu corpo. Ele projetou sua mente para entrar em contato com a Capa da Levitação, que havia conseguido entrar na nave de Fauce sem ser detectada.

A Capa voou para o alto do convés, observando a cena abaixo dela, a mesma que o Homem de Ferro assistia com aflição enquanto sua mente tentava a todo vapor formular um plano. Ele sobressaltou-se quando a Capa lhe deu um toque de ombro.

— Uau, você é uma vestimenta bastante leal, hein? – ele indagou, ainda chocado. O mais surpreendente foi a voz que veio por detrás em resposta.

— É... – murmurou Peter Parker. – Ahn, falando em lealdade...

— Mas o que... – os olhos de Tony flamejaram.

— Eu sei o que você vai dizer – Peter começou a se justificar.

— Você não devia estar aqui – disse Tony, interrompendo-o. Tony só havia ficado na nave porque estava certo de que deixara Peter seguramente longe do perigo. Com o garoto ali, exatamente *diante* do perigo, como ele seria capaz de se concentrar totalmente no que tinha de fazer?

É essa... ai, não... é essa a sensação? De quem está do outro lado? Ele tinha que pedir perdão a Pepper. Tony tinha muitos perdões a pedir a Pepper.

— Eu ia voltar pra casa – Peter começou de novo.

— Não quero nem ouvir.

— Mas era uma descida tão longa, e aí eu pensei em você enquanto...

— E agora estou ouvindo.

— ... e acabei meio que grudado na lateral da nave. E, aliás, esse traje é um absurdo de intuitivo.

— Mas que droga, garoto. – Tony deixou escapar.

— Então, de certa forma, é meio que culpa sua eu estar aqui – Peter falou rápido estas últimas palavras e se retraiu. Tanto Tony como a Capa da Levitação o encararam

incrédulos diante do argumento de que Tony tinha alguma culpa nisso.

— O que é que você disse? — O rosto bastante bravo de
Tony se aproximou do rosto constrangido de Peter.

— Retiro o que disse — Peter levantou os braços, vencido. — E agora estou aqui no espaço. — Tony foi até Peter.

— É, exatamente onde eu não queria que você estivesse. — Tony inclinou-se para perto do garoto e continuou
em um sussurro preocupado e quase ameaçador: — Isto
aqui não é Coney Island. Não é uma excursão. Isto aqui
é uma viagem só de ida. Entendeu? — Peter tentou manter o olhar em Tony, mas, recebida a bronca, olhou para
baixo. — Não venha fingir que você pensou antes de agir.

Peter levantou o olhar. Seu tom envigorou-se enquanto ele tentava ir atrás do motivo pelo qual havia arriscado
tudo e embarcado na nave.

— Não, eu pensei antes de agir, sim.

— Não é possível que tenha pensado.

— Não tem como eu ser o Homem-Aranha amigo da vizinhança se não houver vizinhança. — Peter esperou. — Tudo
bem, não fez tanto sentido, mas você sabe o que quis dizer.

Tony estava sem saída. Peter estava na espaçonave e fim
de conversa. Então, ele agora tinha de salvar Strange e,
em seguida, levar Peter Parker de volta à Terra são e salvo.
Mas uma coisa de cada vez.

— Vem cá. Temos um problema. — Tony suspirou e
apontou para Strange enquanto os dois olhavam da bor-
da onde estavam, com a Capa flutuando atrás deles. —

Está vendo ele ali embaixo? Precisamos salvá-lo. Qual é o seu plano? Valendo.

– Ahn… ok… ok… é… – De repente, Peter levantou a cabeça e olhou para Tony. – Você já viu um filme bem velho chamado *Aliens: o resgate*?

Abaixo, Fauce circundava Strange, mentalmente empurrando lascas individuais em vários pontos do corpo do místico.

– Dolorosas, não? – Ele se divertia. – Foram originalmente criadas para microcirurgias. – Fauce virou de costas para Strange. – E qualquer uma delas poderia acabar com a vida de vosso amigo num instante. – Ele ergueu o olhar para o Homem de Ferro, que estava flutuando logo acima, com os lasers prontos para atacar.

– Na verdade, ele não é bem meu amigo. Salvar a vida dele é mais como uma cortesia profissional.

Fauce se afastou de Strange e elevou cápsulas de carga enormes com um gesto de mãos.

– Você não salvou nada. Vossos poderes são inócuos comparados aos meus.

O Homem de Ferro deu de ombros.

– É. Mas o garoto viu mais filmes.

Tony mudou seu ângulo para uma das laterais da nave e disparou um míssil no casco, abrindo-o com uma explosão. As cápsulas saíram voando pelo buraco.

Com um grito incrédulo, Fauce de Ébano foi sugado para o espaço gélido.

Logo em seguida, a situação ficou caótica. Outros objetos começaram a voar para o espaço, incluindo as agulhas de microcirurgia, libertando o Doutor Estranho. Infelizmente, Strange também começou a deslizar pelo ar rumo à abertura. Bem no momento em que ele seria puxado para fora, a Capa da Levitação pegou o calcanhar de Strange com uma ponta e uma estrutura aparentemente estável com a outra, mantendo o homem onde estava.

O Homem-Aranha quase se viu sugado para fora, mas quatro braços mecânicos e de aparência aracnídea saíram de suas costas, como um exoesqueleto.

— Isso aí! — Peter exclamou. — Peraí. O que são essas coisas? — Ele olhou para trás para checar.

As pernas, assim como o resto do traje, atuavam de forma intuitiva, abrindo-se e pegando as laterais do casco para impedir que o Homem-Aranha saísse por ele. Peter disparou uma teia e, com um puxão, colocou-se em segurança, levando Strange junto. Com todos longe da abertura do casco, o Homem de Ferro tomou a frente e começou a soldar o buraco. Recuperando o fôlego, Peter retraiu as pernas robóticas para dentro do exoesqueleto e estendeu uma mão para a Capa da Levitação.

— Peraí, a gente não foi apresentado oficialmente. — A Capa contemplou a mão estendida de Peter e em seguida foi embora, indo até o Doutor Estranho. — Tudo bem.

— Precisamos reverter o curso da nave. — Strange levantava-se com dificuldade enquanto Tony passava por ele; a armadura do Homem de Ferro desaparecia conforme ele andava.

— Isso, agora ele quer fugir. Belo plano. — Tony foi até a popa da nave, olhando a vastidão do espaço disposta diante deles.

— Não, eu quero proteger a Joia — A Capa da Levitação envolveu os ombros de Strange.

— E eu quero que você me agradeça. Agora, vamos lá. Sou todo ouvidos.

— Por fazer o quê? Quase me jogar no espaço?

— Quem acabou de salvar a sua pele mágica? Eu — Tony estava perdendo a paciência.

— Olha, eu não sei como essa sua cabeça cabe no capacete — Strange se perguntou.

— Admita: você deveria ter dado o fora quando eu mandei. Eu tentei te mandar pro banco e você se recusou.

Strange rangeu os dentes.

— Diferentemente de todas as pessoas na sua vida, eu não trabalho pra você.

— E por causa disso, estamos numa rosquinha voadora a bilhões de quilômetros da Terra sem nenhum apoio.

— Eu sou um apoio. — Peter ergueu um único dedo.

— Não, você é um penetra. Isso aqui é conversa de gente grande. — Tony já não aguentava mais.

Strange parecia confuso.

— Com licença, não entendi bem a relação entre vocês. O que ele é? Seu aprendiz?

— Não — Peter se aproximou e tentou cumprimentar Strange. — Aliás, eu sou Peter.

— Doutor Estranho.

– Ah, é pra usar os nomes inventados. – Peter limpou a garganta. – Ahn, então, eu sou o Homem-Aranha.

Strange não se deu ao trabalho de apertar a mão de Peter, em vez disso concentrando sua atenção em Tony.

– A nave está refazendo o trajeto. – Tony disse, sério. – Está no piloto automático.

– Temos como controlá-la? – Strange perguntou, preocupado. – Fazer com que nos leve para casa? – reiterou. Os olhos de Tony voltaram-se para Strange por um momento. Seu olhar ficava cada vez mais distante. – Stark? – O místico estava ficando impaciente. – Você tem como nos levar para casa?

– Eu te escutei. – Stark desconsiderou o místico, parando para propor outra ideia. – O que estou pensando é que não sei se devemos voltar.

Strange ficou perplexo.

– Sob nenhuma circunstância podemos levar a Joia do Tempo a Thanos! – Ele se interrompeu para recuperar a compostura. – Acho que você não entende o que está em jogo aqui.

– O quê? – Tony perguntou, avançando para encarar Strange. – Não. É você quem não entende que Thanos está na minha mente há tempo até demais. – A voz de Tony ficava cada vez mais exaltada conforme ele falava. – Desde que ele enviou um exército para Nova York. E agora ele está de volta! – Foi neste momento que o pânico tomou conta dele. – E eu não sei o que fazer. Então, não tenho certeza se o melhor plano é enfrentá-lo na casa dele ou na nossa, mas você viu o que eles fizeram, o que são capazes de fazer. Pelo menos, na casa dele, ele não nos espera. Então sugiro que levemos a luta até ele. – Tony fez um aceno de cabeça brusco, olhando para Strange. – Doutor, o que me diz?

Havia um silêncio tenso no recinto enquanto os dois homens mediam um ao outro e consideravam suas opções. A mente de Strange pensava o mais rápido que podia, buscando alternativas, questionando se o plano ousado de Tony Stark era possível. Tony esperava, pronto para se defender.

– Está bem, Stark – disse Strange. – Vamos até ele.

Tony começou a se afastar, pronto para colocar seu plano em ação. Mas Strange não havia terminado.

– Mas você precisa entender que – disse Strange, comedido –, caso tiver que escolher entre salvar você, o rapaz ou a Joia do Tempo, não vou hesitar em deixar qualquer um dos dois morrer. Não teria outra escolha, porque o universo depende disso.

– Está bem. – Tony estendeu o braço e deu um tapinha de companheirismo no braço de Strange. – Muito bom, uma bússola moral. Combinado. – Tony entendia o peso de tomar decisões importantes e fazer grandes sacrifícios. Ele se voltou para encarar Peter.

– Ok, garoto – Peter se preparou para o pior. Mas, em vez disso, Tony tocou um ombro dele com a mão, depois o outro, imitando a ordenação de um cavaleiro. – Você agora é um Vingador.

Tony continuou andando, deixando Peter sozinho. Um segundo de descrença passou, seguido por um sorriso largo e animado em seu rosto, que então se dissolveu em um semblante bem mais sério e resoluto. Peter aquiesceu com a cabeça para si mesmo enquanto a honra que Tony havia acabado de lhe conceder assentava-se em seu âmago.

Um breve piscar de olhos enquanto ele recuava seus ombros. Pronto para servir. Ele finalmente iria ajudar a fazer menos coisas ruins acontecerem. Iria fazer algo significativo com todos aqueles poderes.

Ele iria fazer alguma diferença.

47

CAPÍTULO 10

46

amora estava no salão do trono da *Santuário II*, sede do poder de Thanos e um lugar que ela conhecia bem demais. Ela olhou para o trono. Thanos se aproximou, trazendo uma tigela de comida.

— Achei que poderia estar com fome — ele disse, entregando-lhe a tigela. Gamora olhou com desprezo para a oferta. Ela a pegou, lançou um olhar desafiador para Thanos e jogou a tigela no trono dele.

— Sempre odiei essa cadeira — ela escarrou, olhando o que sobrara do conteúdo da tigela escorrer.

— Já ouvi isso — Thanos respondeu, seco. — Ainda assim, esperava que você sentasse nela um dia.

Gamora olhou para ele com fúria nos olhos.

— Eu odiava esta sala, esta nave. Odiava minha vida!

Thanos sentou-se nos degraus à frente do trono e olhou para ela, deixando um relance de tristeza passar pelo rosto.

— Você também me disse isso. Todos os dias. Por quase vinte anos. — Houve um momento de silêncio entre os dois.

— Eu era uma criança quando você me raptou — ela vociferou.

— Eu salvei você.

Gamora balançou a cabeça.

— Não. Não. Éramos felizes no meu planeta natal.

— Indo dormir com fome, vivendo de restos. Seu planeta estava à beira do colapso. Fui eu quem pôs um fim a isso. — Gamora deu as costas para ele. — Você sabe o que aconteceu desde então? As crianças que nasceram depois só conhecem um mundo de barrigas cheias e céus limpos. É um paraíso. – Thanos disse, orgulhoso.

Virando-se abruptamente, Gamora gritou:

– Porque você assassinou metade do planeta!

– Um preço baixo a se pagar pela salvação – disse Thanos.

– Você é louco – Gamora rosnou.

– Pequenina, é uma conta simples. Este universo é finito, seus recursos são finitos. Se a vida for deixada à própria sorte, ela deixa de existir – ele falava com calma. – Ela precisa ser corrigida.

– Você não sabe se isso é verdade! – Gamora gritou.

Thanos suspirou e olhou para os céus.

– Eu sou o único que sabe que é verdade. Ou, pelo menos, sou o único disposto a fazer algo a respeito. – Thanos se levantou e desceu os degraus, indo até Gamora. – Houve um tempo em que você teve essa mesma disposição enquanto lutava ao meu lado. – Thanos e sua altura imponente agora estavam à frente dela. – Minha filha.

Ela olhou para ele. Seu olhar era frio.

– Eu não sou sua filha. Tudo que eu odeio em mim foi você quem ensinou.

– E, nesse processo, fiz de você a mulher mais perigosa da galáxia – Thanos observou. – Foi por isso que confiei em você para encontrar a Joia da Alma.

– Sinto muito em desapontá-lo – ela disse, sem emoção na voz.

Thanos baixou a cabeça ligeiramente.

– Eu estou desapontado. Mas não porque você não a achou. – Ele se curvou diante dela, assim como fizera naquele primeiro dia em que se viram. Sua voz saiu como um rugido baixo quando ele falou em seguida: – E sim porque a achou. – Seus olhos cravaram-se nos dela. – E mentiu.

Thanos levou Gamora a uma cela prisional. Ela não conseguiu esconder o choque no rosto ao ver quem estava ali: Nebulosa. Sua irmã estava suspensa no ar; seu corpo cibernético estava dissecado, dividido em partes e paralisado, fazendo parecer que ela havia sido esticada. O recinto ecoava a respiração árdua de Nebulosa.

O relacionamento entre Gamora e Nebulosa sempre fora tenso, na melhor das hipóteses. Em competição constante, as irmãs lutavam pela atenção do pai, e Gamora era claramente a favorita. E agora ali estava a filha de ouro, convidada a mais uma vez observar o fracasso crônico.

Gamora olhou para o corpo retorcido de Nebulosa e seus olhos se encontraram. Ela foi assombrada pelo olhar da irmã, cheio de terror e pânico.

– Nebulosa – Gamora soluçou, correndo até a irmã. Em seguida, virou-se para Thanos. – Não faça isso.

– Há algum tempo, sua irmã se escondeu nesta nave para me matar – Thanos começou.

– Por favor, não faça isso. – disse Gamora, aos prantos.

– E chegou bem perto de conseguir. Então a trouxe até aqui. Para conversar. – Ele fechou os dedos na Manopla do Infinito e usou a Joia do Poder para puxar Nebulosa mais ainda, fazendo sua quase assassina gritar.

– Pare! Pare. – Gamora foi até Thanos e colocou uma das mãos sobre a que vestia a Manopla. Seu toque era familiar e delicado. Ela olhou para ele. – Juro por minha vida: eu nunca encontrei a Joia da Alma.

Thanos olhou para um guarda, que em seguida apertou alguns botões.

– Acessando arquivos de memória – uma voz computadorizada declarou. Um holograma trêmulo e granulado emergiu de Nebulosa, manifestando-se à frente de Gamora como um pesadelo.

– Você sabe o que ele está prestes a fazer. Ele finalmente está pronto e vai atrás das Joias. Todas elas. – A voz de Nebulosa do passado ressoava pela cela.

– Ele nunca conseguirá todas elas. – A Gamora do holograma tinha uma postura soberba, com os braços cruzados.

– Ele conseguirá! – Nebulosa gritara.

– É impossível, Nebulosa. Porque eu achei o mapa para a Joia da Alma e o reduzi a cinzas. Eu o queimei. – A sombra de Thanos, a de carne e osso, estava sobre Gamora quando o holograma desapareceu. Ela estava desmoronando quando ele começou a falar.

– Você é forte. Isso fui eu. Você é generosa. Fui eu. – Ele agora estava atrás dela – Mas eu nunca te ensinei a mentir. Por isso que você mente tão mal. – Ainda atrás dela, ele estendeu a mão da Manopla para além de Gamora. Seus dedos mexiam-se preguiçosos enquanto ele falava as palavras seguintes, uma a uma.

– Onde está a Joia da Alma? – perguntou novamente. Gamora balançou a cabeça. Não contaria. Não podia contar.

Thanos fechou os dedos, formando um punho firme. Nebulosa assistiu, impotente, às Joias brilharem. A dor que veio em seguida era incomparável a qualquer coisa que já tivesse sentido antes. Nebulosa se contorceu e gritou de dor; cada segundo durava um ano e tudo o que ela conseguia fazer era desejar a própria morte.

Gamora assistia à irmã se debater contra o castigo do pai, pesando o preço de uma vida ao de bilhões. Mas era a sua irmã e ela não conseguiria suportar os gemidos angustiantes de Nebulosa por mais um segundo. Gamora permaneceu quieta, mantendo a localização da Joia da Alma um mistério para seu pai. Ao sentir a hesitação de Gamora, Thanos apertou ainda mais o punho; o som indigesto do corpo de Nebulosa sendo esticado além dos limites preencheu a cela.

– Vormir! – Gamora gritou. Thanos relaxou a mão e os gritos de Nebulosa pararam, dando lugar a engasgos exaustos enquanto ela tentava recuperar o fôlego. Gamora foi até Nebulosa e colocou a mão do lado do rosto da irmã, marcado por lágrimas. Nebulosa balançou a cabeça, sentindo culpa por ter sido sua vida a que Thanos torturou para extrair de Gamora onde estava a Joia da Alma. – A Joia está em Vormir – Gamora disse, em um tom mais baixo.

Thanos sorriu, abrindo um portal de teletransporte.

— Mostre-me.

— Eu sou Groot — disse Groot, remexendo-se na cadeira.

— Faz no copo. A gente não vai olhar. O que é que tem pra ver? O que é, um graveto? Todo mundo já viu um graveto.

— Eu sou Groot. — A voz de Groot continha cada vez mais pânico.

— Árvore, jogue o que houver no copo no espaço e use o copo de novo — disse Thor, virando-se para a planta irrequieta.

— Você fala Groot? — Rocky perguntou, virando sua cadeira de capitão.

— Sim. Ensinavam em Asgard. Era um curso opcional.

— Eu sou Groot — disse Groot, agora entediado passado o pânico sobre precisar ir ao banheiro.

— Você saberá quando estivermos chegando. A forja de Nidavellir utiliza a energia flamejante de uma estrela de nêutrons. — Thor saiu da janela e sentou-se, cansado e cabisbaixo, em um degrau. — É a terra natal do meu martelo. É assombroso, de verdade. — Rocky virou a cadeira para trás, ouvindo o tom murcho na voz de Thor.

— Tá bom, hora de agir como capitão. — Rocky ativou o piloto automático, tirou o cinto de segurança e foi até Thor. Ele se distraiu com coordenadas em uma tela antes de falar. — Mas então... seu irmão morreu, né? É, isso deve ser bem chato.

— Bem, ele já morreu antes. Mas, não, acho que desta vez foi de verdade – disse Thor, como se só estivesse aceitando esse fato naquele momento.

— E você disse que sua irmã e seu pai…?

— Mortos. Os dois – disse Thor, balançando a cabeça.

— Mas você ainda tem sua mãe, não tem?

— Morta por um elfo negro – Thor não conseguia olhar para Rocky.

— Melhor amigo?

— Teve o coração empalado. – A voz de Thor era distante enquanto recitava a lista de pessoas que havia perdido. Ele ficava cada vez mais melancólico.

Rocky se aproximou:

— Você tem certeza de que está preparado para essa missão de assassinato em particular?

— Absoluta. – Thor dispensou a preocupação de Rocky com um riso forçado. – Fúria, vingança, raiva, luto, arrependimento. Todos são grandes motivadores. Limpam a mente. Então, estou pronto.

— Tá bom, mas esse Thanos de quem estamos falando… é o cara mais durão que existe.

— Bem, ele nunca me enfrentou.

— Enfrentou, sim. – Rocky observou o óbvio.

Thor ponderou a resposta de Rocky.

— Ele nunca me enfrentou mais de uma vez. E não esqueça: terei um martelo novo.

— É melhor que seja um martelo e tanto. – As palavras de Rocky soterraram Thor, cujo riso forçado deu lugar a um lamento arraigado aos seus ossos. Ele estava com dificuldades para se manter firme. Ele não podia se deixar afetar por isso.

— Sabe, eu tenho 1 500 anos. E isso é só metade do número de inimigos que matei. E cada um desses inimigos preferiria que eu tivesse morrido, mas nenhum deles teve sucesso. Só estou vivo porque o destino me deseja assim. Thanos é só mais um numa longa fila de cretinos e será o próximo a sentir a força de minha vingança. É essa a vontade do destino.

— E se você estiver errado? — A pergunta de Rocky acertou o peito de Thor. Mas foi sua própria resposta que lhe tirou o fôlego.

— Se eu estiver errado, o que mais tenho a perder? — As palavras pareciam gigantescas quando ele varreu uma lágrima rebelde. Ele se levantou e se afastou de Rocky antes que fosse forçado a encarar mais verdades terríveis a respeito do que antes havia sido sua vida maravilhosa e completa.

— Eu tenho muito a perder — Rocky resmungou para si mesmo — Eu, pessoalmente. Tenho muito a perder. — Rocky pegou algo em seu colete. — Ok. — Ele foi até Thor. — Bem, se o destino quer que você mate aquele babaca, você vai precisar de mais do que um olho. — Rocky deu o presente a ele.

— O que é isto? — Thor pegou.

— O que acha que é? Um mané perdeu uma aposta pra mim em Contraxia. — Rocky subiu na cadeira de capitão novamente, colocou o cinto e desligou o piloto automático.

— E ele te deu o próprio olho?

– Não, ele me deu cem créditos. Depois, eu entrei no quarto dele à noite e roubei o olho.

– Obrigado, coelho gentil. – Thor arrancou o tapa-olho enquanto Groot se inclinava para olhar, curioso com o que rapidamente havia se tornado algo mais interessante que seu videogame. Thor expôs a órbita e colocou o novo olho.

– Eu teria lavado antes. O único jeito de sair de Contraxia com ele foi escondendo no meu... – Um alarme tocou pela nave. – Opa! Chegamos!

Thor focava o novo olho – que se calibrava para o novo dono –, dando tapas na lateral da cabeça.

– Acho que não está funcionando. Está tudo escuro. – Thor se levantou e fitou a janela frontal da nave.

– Não é o olho. – Eles estavam rodeados por uma escuridão sinistra.

– Há algo de errado. A estrela se apagou. E os anéis congelaram.

A imagem que Rocky esperava ver quando chegassem a Nidavellir, seja lá qual fosse, evaporou como a luz da estrela de nêutrons que antes havia na forja. Rocky navegou a nave com cuidado até a superfície da estrela.

O trio pousou e saiu da nave, e Thor, ao caminhar pelas ruínas da forja, foi assombrado pelo pensamento de quem poderia ter causado isso.

– Espero que esses anões sejam melhores na forja do que são na limpeza. Vai ver eles se tocaram de que moravam numa pilha de lixo no meio do espaço.

— Esta forja não parava de funcionar há séculos — disse o asgardiano.

Foi possível ouvir Rocky engolir em seco. Ele estava olhando para algo, possivelmente para a resposta ao porquê de Nidavellir estar em ruínas.

— Você disse que Thanos tinha uma Manopla, né? — Rocky chamou Thor.

— Sim. Por quê?

Thor foi até Rocky para ver o que ele havia encontrado.

— Parecia com aquela ali?

Um molde, o único intacto pelo que podiam ver, estava ao lado da bacia de forja. Ele tinha o formato de uma luva grande com seis compartimentos. Não havia dúvidas: eles estavam no local de nascimento da Manopla do Infinito.

— Eu sou Groot! — Um alerta afiado da criatura arbórea adolescente foi ouvido.

— Voltem à nave — comandou Thor, esperando pelo pior. Mas já era tarde. Um gigante de cabelos longos e bagunçados e uma barba cheia e escura surgiu do nada. Ele fez Thor voar pela forja com um chute; em seguida, virou-se e fez a mesma coisa com Groot e Rocky. O gigante avançou até Thor, que, por entre os fios daquela juba desgrenhada, viu o ímpeto de matar nos olhos do outro.

— Eitri, espere! — a criatura enorme deteve-se ao ouvir o próprio nome. — Pare! — A voz de Thor repetiu a palavra, em um tom apaziguante. — Pare.

Eitri, o anão, guardião da forja em Nidavellir e criador de Mjolnir, parou de vez. Suas roupas estavam esfarrapadas. Seu cabelo estava, cheio de nós. Ele parecia não dormir há meses e cheirava como se seu último banho tivesse sido há ainda mais tempo.

— Thor? — A voz de Eitri tinha um rastro de reconhecimento, como se tivesse saído de uma névoa.

Thor aproximou-se do amigo de longa data.

— O que aconteceu aqui?

— Era para você nos proteger. Era para Asgard nos proteger — Eitri lamentou, enlutado.

— Asgard foi destruída. — Thor se levantou e apontou para o molde da Manopla. — Eitri, a luva. O que você fez?

O anão olhou ao redor; vergonha e arrependimento preenchiam seu rosto. Eitri cambaleou até a forja e deslizou até sentar no chão, derrotado.

— Trezentos anões viviam neste anel. Eu achei que se fizesse o que ele pedia, eles ficariam a salvo. Fiz o que ele queria, um instrumento capaz de utilizar o poder das Joias. — Agora, cada palavra era tingida pelo desespero. — E depois ele m... ele matou todos mesmo assim. Todos menos eu.

Foi então que Thor percebeu que as mãos de Eitri estavam fechadas e envolvidas por aço indestrutível.

— "Sua vida é sua", ele disse. "Mas suas mãos são minhas e só minhas".

A voz de Thor era forte e imperiosa; sua atitude, encorajadora.

— Eitri, não se trata das suas mãos. Todas as armas que você projetou, todo machado, martelo, espada... todos estão na sua cabeça. Agora, eu sei que parece que toda esperança está perdida. Acredite em mim, eu sei. Mas juntos, eu e você...

O Filho de Odin fez os olhos de Eitri encontrarem os dele, e em seguida proclamou um voto que remexeu o coração do anão.

– Podemos matar Thanos.

A meia galáxia de distância, a *Santuário II* flutuava no espaço deserto. Ela abrigava aqueles que acreditavam na causa de Thanos, as várias raças que serviam em seu exército e centenas de guardas dedicados a protegê-lo, mesmo quando ele não estivesse a bordo, como era o caso naquele momento.

Um desses guardas estava encarregado de remontar o corpo mutilado daquela que já havia sido a segunda filha favorita de Thanos, Nebulosa. Enquanto ela continuava presa àquele estado suspenso no ar, ele a rodeava, apertando e girando partes das costas dela para onde estavam antes de seu pai a rasgar tendão por tendão. Ele ouviu um zunido e viu que o olho cibernético dela havia se estendido. Eles receberam ordens extremamente severas para garantir que nada acontecesse a Nebulosa até que Thanos voltasse de Vormir. O guarda examinou o olho cibernético.

Com sua armadilha ativada, Nebulosa rapidamente dominou o guarda. Quando o corpo dele caiu ao chão, ela pensou: *Agradeça por não ter que lidar com Thanos quando ele descobrir que não estou aqui.* Concentrada na tarefa a ser feita, Nebulosa foi até a estação de comunicação dentro de sua cela. Ela digitou coordenadas familiares.

Antes que o outro lado da ligação pudesse confirmar que estavam ouvindo, Nebulosa os silenciou com um sibilo. Curvando-se, Nebulosa sussurrou para a companheira de equipe de outra ocasião.

— Mantis, preste bastante atenção. Preciso que vocês me encontrem em Titã.

— Ei, o que tá acontecendo? — Peter Parker perguntou, enquanto a rosquinha voadora na qual estavam parecia mais estar caindo em Titã do que pousando no planeta.

— Acho que chegamos — disse Strange, olhando enquanto o planeta se aproximava a uma velocidade alarmante.

— Eu acho que essa nave não tem função de estacionamento automático — Tony disse. Ele foi até Peter e o empurrou até um dos mecanismos de pilotagem. — Coloque sua mão no volante giroscópico. Feche as travas ao redor. Entendeu? — Tony ajeitava-se no outro mecanismo.

— Sim, entendi — Peter seguiu as ordens.

— Isso foi feito para um cara grande, então precisamos nos mexer ao mesmo tempo. — Sempre o mentor, mesmo quando pedia ao pupilo para ajudar a pousar uma rosquinha gigante em um planeta longínquo.

— Ok, ok. Pronto. — Peter olhava aterrorizado enquanto a nave mergulhava e acelerava diretamente rumo a construções gigantes de forma estelar que salpicavam a paisagem de Titã.

— É melhor a gente virar. Vira! Vira! Vira! — Tony ativou o traje para ter mais potência, assim como Peter.

Mas não adiantou. A nave bateu. Strange agiu e conjurou um campo de força dourado ao redor dos três enquanto a nave se partia em dois e caía na superfície do planeta.

Titã era um local assombrado por sua grandeza há muito distante, agora reduzida a ruínas sobre ruínas. Estruturas com forma de estrela entulhavam a área; cinzas e poeira preenchiam o ar, como se o planeta estivesse em chamas. O céu avermelhado e empalidecido apenas aumentava a sensação apocalíptica. Havia bolsões nos quais a gravidade praticamente não existia, fazendo poeira e destroços flutuarem no céu, como um túmulo ao redor deles.

– Você está bem? – Strange correu até Tony, que ainda se desvencilhava com dificuldade dos destroços da nave de Fauce de Ébano. Strange estendeu a mão. Tony a pegou com gratidão e permitiu que o místico o ajudasse a se levantar, uma grande diferença em relação às interações anteriores entre os dois.

– Essa foi por pouco – disse Tony. Strange aquiesceu com a cabeça, olhando para o que restava da espaçonave ao redor. – Te devo essa.

Peter desceu do que havia sobrado de teto na nave e começou a divagar.

– Deixa eu falar, se alienígenas aparecerem e colocarem ovos no meu peito ou coisa assim e eu devorar um de vocês, eu peço desculpas…

Tony interrompeu Peter com um dedo disciplinar em riste na direção do garoto.

— Eu não quero ouvir você fazer mais nenhuma referência à cultura pop durante o resto da viagem. Entendido? – Tony censurou.

— O que quis dizer é que tem alguma coisa a caminho. – Peter conseguiu declarar.

Antes que pudessem reagir, uma bola metálica rolou entre os três e explodiu, mandando Strange e Tony pelos ares.

De trás de um afloramento, os Guardiões da Galáxia entraram em ação.

— Thanos! – Drax gritou ao atirar seu par de lâminas no Doutor Estranho. Com um breve movimento de pulso de Strange, um chicote mágico desarmou o homem de pele verde. Antes que Drax pudesse se recompor, a Capa da Levitação prendeu seu corpo musculoso no chão.

O Homem de Ferro subiu aos céus, desviando de disparos do Senhor das Estrelas, que usava sua máscara. Os dois trocaram tiros, ambos agilmente defletindo e desviando dos ataques um do outro no ar. Parecia que o Homem de Ferro tinha vantagem, até que o Senhor das Estrelas colocou um ímã potente na TR de Tony, o que o deixou debatendo-se preso a um pedaço retorcido de metal.

— Não bote seus ovos em mim, por favor, não – Peter ganiu e recuou ao ver Mantis, em seguida atirando teias enquanto se desviava e dava voltas para fugir dela.

— Não se mexa, palhaço – gritou o Senhor das Estelas, chutando-o e impedindo-o de imobilizar Mantis ainda mais. O Homem-Aranha rolou e ativou seu exoesqueleto com quatro pernas aracnídeas, pulando pelos escombros da nave e desviando.

Drax brigava com a Capa, tentando ao mesmo tempo se libertar e conter o tecido vivo.

– Morra, cobertor da morte! – ele berrou.

Tony finalmente se libertou, voou até Drax, que esperneava, e ficou sobre ele com todas as armas ativadas. Ao ver isso, o Senhor das Estrelas pegou o Homem-Aranha e o puxou para perto de si, apontando a pistola para a têmpora do rapaz.

– Ninguém se mexe! Todo mundo quietinho! – disse Quill. Ele levantou um dos braços e desativou a máscara. Em seguida, virou-se para o Homem de Ferro. – Eu só vou perguntar uma vez: onde está Gamora?

– Ah, é? – Tony desafiou. – Tenho uma pergunta melhor: quem é Gamora?

Ainda preso ao chão pela Capa da Levitação, Drax enunciou filosoficamente:

– Eu tenho outra melhor: por que Gamora?

– Me diz onde ela tá ou eu juro que vou fritar esse monstrinho aqui – Quill empurrou a pistola ainda mais no crânio do Homem-Aranha.

– Beleza, você atira no meu parceiro e eu acabo com o seu, vamos! – Tony gritou, pagando pra ver. Porém, apesar da aparente bravata de Tony, o terror desse exato momento estava atrelado às suas palavras. Ele estava apavorado. Não se deixando levar pelo medo, Tony deixou uma arma bastante ameaçadora a centímetros do rosto de Drax.

— Atira, Quill! Eu aguento. — Drax levantou as mãos, rendido, e se preparou.

— Não, ele não aguenta! — Mantis gritou.

— Ela tem razão. Você não vai aguentar — Strange concordou, olhando de relance para Drax.

— Ah, é assim? Vocês não vão me contar onde ela tá? Beleza. Eu mato vocês três e depois encho o Thanos de porrada até ele contar. Você vai ser o primeiro. — Quill apertou o Homem-Aranha mais forte.

— Espera, como é, Thanos? Tudo bem, deixe-me perguntar o seguinte: quem é o mestre a quem você serve? — Strange perguntou; sua voz sem fôlego irrompeu no caos.

— Quem é o mestre a quem sirvo? O que você quer que eu diga, Jesus Cristo? — O suspiro frustrado de Quill podia ser ouvido lá de Nova York. Tony olhou para ele, começando a dar forma a uma revelação.

— Você é da Terra — Tony afirmou, enrugando o rosto com pavor disfarçado diante do idiota que ainda apontava a pistola para a cabeça do garoto.

— Eu não sou da Terra, eu sou do Missouri.

— Que fica na Terra, imbecil. Por que você está brigando com a gente? — Tony ralhou com frustração pura.

— Vocês não tão com o Thanos? — o Homem-Aranha perguntou, com a voz baixa e abafada.

— Com Thanos? Não, eu tô aqui pra matar o Thanos. Ele sequestrou minha namorada. Peraí, quem são vocês? — Quill enfim baixou a pistola. A perda de Gamora fez com que ele sentisse como se estivesse enlouquecendo;

não conseguia pensar direito a respeito de nada a não ser o fato de que precisava encontrar a mulher que amava.

— Nós somos os Vingadores, cara — Peter disse, finalmente revelando o rosto.

— Vocês são as pessoas de quem o Thor falou — Mantis disse com a voz alta e cheia de pânico.

Essas palavras detiveram o Homem de Ferro.

— Vocês conhecem o Thor?

— Sim. Um cara alto, não tão atraente, que precisava de ajuda — Quill disse, tentando manter uma voz neutra.

Saber que Thor sobreviveu ao ataque de Thanos, tendo sido possivelmente um dos pouquíssimos sobreviventes, despertou a atenção do Doutor Estranho. Ele precisava falar com Thor; sentia que o asgardiano tinha um papel bastante importante naquele desenrolar de eventos.

— Onde ele está agora?

A forja apagada de Nidavellir continha muitos segredos em suas profundezas. Eitri mantinha um desses segredos bem guardados. Era uma forma antiga, um molde. Um lado tinha o formato de um machado; o outro, de um martelo.

Rocky não parecia impressionado.

— O plano é esse? A gente vai jogar uma pedra nele?

Lançando um olhar reprovador, mas murcho, Eitri explicou.

— É um molde. De uma arma de rei. Concebida para ser a maior arma de Asgard. Em teoria, seria capaz até de conjurar a Bifrost.

Ao ouvir sobre essa arma, e sobre a possibilidade de controlar a Bifrost, Thor se virou de imediato. Se eles pudessem usar esta arma para atravessar os nove reinos, ele podia tentar chegar à Terra antes de Thanos e detê-lo.

— Ela tem um nome? — Thor perguntou.

— Rompe-Tormentas.

Rocky caçoou.

— Meio forçado.

Thor havia estudado todo o conhecimento asgardiano a respeito de armas. Isso era algo que ele pensava ser apenas uma lenda. Até aquele momento.

— E como a forjamos?

Ao ouvir isso, o rosto de Eitri desmoronou.

— Você terá que reacender a forja. Despertar o coração de uma estrela à beira da morte.

Thor aceitou o desafio, formulando uma ideia em sua mente. Virando-se para Rocky, ele acenou com a cabeça para o capitão da nave.

— Coelho, ligue a cápsula.

Em Titã, os Guardiões e os Vingadores estavam tentando chegar a um consenso.

— O que aconteceu com este planeta? O eixo dele tá com um desvio de oito graus. A força gravitacional é uma bagunça — Quill disse enquanto caminhava com cuidado pelos escombros da superfície destruída.

— Bem, temos uma vantagem: ele está vindo até nós — disse Tony. Enquanto isso, Mantis pulava e girava no ar, aproveitando a gravidade bizarra do planeta. Tony continuou: – Vamos tirar proveito disso. Ok, tenho um plano. – Ele andou até Quill. – Ou pelo menos um princípio de plano. É simples: nós o atraímos, o imobilizamos e pegamos o que precisamos pegar. A gente definitivamente não quer ficar brincando com esse cara. Só queremos a Manopla. – Era simples, mas era um começo.

E aí ele ouviu o bocejo de Drax.

Tony ficou furioso:

– Você bocejou? No meio disso, da minha explicação? Hein? Você escutou o que eu disse?

– Parei de ouvir quando disse que precisávamos de um plano.

– Beleza, o carecão está por conta própria – Tony disse, pronto para dar andamento às coisas.

– Pois é, *não improvisar* não é bem o nosso forte – Quill explicou.

– E qual exatamente é o forte de vocês? – o Homem-Aranha perguntou, apontando para Mantis e Drax.

– A gente mata o pau e mostra a cobra – disse Mantis, em um grunhido ameaçador.

– Isso mesmo – concordou Drax, empertigando-se.

Tony olhou para os dois por um bom tempo.

Um bom tempo.

Eles estavam prestes a enfrentar o maior inimigo da vida deles. Um inimigo que assombrara Tony por seis anos. Um inimigo que ameaçava apagar metade do universo, matando trilhões de seres anônimos com um estalar de dedos.

E ele estava em um planeta morto e apocalíptico a milhões de quilômetros de casa e sem nenhum de seus colegas de sempre. Ele estava diante da luta de sua vida e estava completamente sozinho. Não, pior que sozinho. Ele tinha um garoto com brilho nos olhos para proteger, um mágico pernóstico e agora esses três idiotas que pareciam ser arrogantes o suficiente para levar todos eles à morte.

– Ok, venham cá, por favor. O senhor pode chamar seus amigos?

– Só "senhor", não. Senhor das Estrelas, por favor. – Quill acenou para Mantis e Drax com a cabeça e os dois se aproximaram.

Tony abordou o grupo.

– A gente precisa se organizar. Porque se tudo o que tivermos pra enfrentá-los for uma atitude varonil...

– Cara, não chama a gente de varonil. A gente não sabe o que significa. – Quill disse. Tony olhou para ele. Como a coisa podia estar piorando? – Tudo bem, a gente é otimista, é mesmo. Eu gosto do seu plano. Só que é uma droga; então deixa que *eu* cuido do plano e talvez assim ele fique bom de verdade.

– Conte a ele sobre a disputa de dança pela salvação do universo – Drax disse, com orgulho.

– Que disputa de dança? – Tony perguntou.

– Não é nada – Quill mentiu.

– Que nem no filme *Footloose?* – Peter Parker perguntou.

– Exatamente que nem *Footloose*. Ainda é o melhor filme de todos os tempos? – Quill perguntou, embasbacado.

– Nunca foi. – As palavras sem respeito nem cerimô-nia de Parker doeram no coração de Quill.

– Não dê corda pra ele, pode ser? – Tony disse ao mais novo Vingador.

– Ok – Parker murmurou.

– O Flash Gordon aqui não está colaborando – Tony disse, baixinho.

– Flash Gordon? – disse Quill. – Só pra constar, isso é um elogio. Não esquece que eu sou meio humano. Então os 50% que tenho de idiota são 100% em você.

– Essa sua conta é realmente incrível – Tony retrucou, antes de Mantis interrompê-lo.

– Com licença, é normal o seu amigo fazer aquilo? – ela perguntou, apontando para o Doutor Estranho.

Strange estava sentado com as pernas cruzadas, flutu-ando no ar. Suas mãos faziam um gesto estranho e a Joia do Tempo brilhava em um tom de verde. Porém, o mais perturbador era a velocidade com a qual sua cabeça se mexia de um lado para o outro. Era tão rápido que seu rosto era um borrão.

– Strange? Você está bem? – Tony o chamou.

Assim que chegaram perto dele, o movimento frenéti-co cessou e seu corpo caiu no chão. Tony se curvou para ajudá-lo a se levantar, assim como Strange havia feito na nave destruída de Fauce de Ébano.

Aos poucos saindo do transe, Strange colocou a mão sobre o ombro de Tony, reerguendo-se em uma posição sentada.

Ele respirava com dificuldade, como se tivesse acabado de acordar de um pesadelo.

– Você voltou – Tony o reconfortou. – Está tudo bem.

– Oi – Strange gemeu, acalmando-se.

– É, bem, o que foi isso? – o Homem-Aranha perguntou, deixando-se levar pela curiosidade.

Tentando recuperar a compostura, o Doutor Estranho falou ao grupo:

– Eu avancei no tempo para ver futuros alternativos. – Ele engasgou de leve; o esforço e as visões claramente tinham sido muito desgastantes. – Para ver todos os resultados possíveis do conflito que nos aguarda.

Quill rompeu o silêncio ao perguntar, nervoso:

– Quantos você viu?

– Catorze milhões, seiscentos e cinco – Strange respondeu.

Tony, com medo de perguntar, falou a única coisa que se passou na mente de todos os outros.

– Em quantos deles nós vencemos?

Strange levou bastante tempo para responder. Seus olhos estavam fixos em Tony. Sua voz estava rouca quando ele falou uma única palavra que deu fim à disputa de poder entre os dois, os Guardiões ou qualquer outra pessoa.

– Um.

Do outro lado do universo, havia um planeta solitário com uma única lua, orbitando um sol escuro: Vormir.

Há muito tempo sem vida, qualquer glória que o planeta algum dia pôde reivindicar não existia mais. Havia um único motivo para ir a Vormir. O céu escuro com um tom rubro causado por um eclipse solar demorado iluminava o pico da montanha a distância. Embora estivessem a quilômetros de distância e a pé, Thanos e Gamora ainda conseguiam enxergar as duas torres construídas no topo da montanha.

— É melhor que a Joia esteja lá. Pelo bem da sua irmã — Thanos afirmou.

Depois de uma longa caminhada até a montanha, pai e filha chegaram ao que parecia ser a entrada de uma caverna. A escuridão mudou com o vento e revelou que era na verdade um túnel.

— Bem-vindo, Thanos, filho de A'Lars. Gamora, filha de Thanos — disse uma voz vinda da escuridão.

— Você nos conhece? — Thanos respondeu à voz.

— É minha maldição conhecer todos que viajam até aqui. — Um vulto etéreo e flutuante apareceu, com o tamanho aproximado de um homem humano e vestindo um manto com um capuz que ocultava o rosto.

— Onde está a Joia da Alma? — Thanos perguntou, sem querer participar de joguinhos quando estava tão próximo de conseguir aquilo que havia escapado de tantas outras mãos. Se as histórias fossem reais.

— É importante que você saiba — a voz falou, como uma tempestade escura — que ela cobra um preço terrível.

Thanos deu um passo à frente.

– Eu estou preparado.

– Todos pensamos assim, a princípio. – Com isso, a silhueta baixou o capuz, revelando o rosto vazado e escarlate do Caveira Vermelha. – Todos estamos errados.

Com isso, o Caveira Vermelha os guiou pelo túnel até o espaço entre as duas torres, onde havia um templo. O lugar estava em ruínas, em parte esmagado por pedregulhos. Tempestades e relâmpagos marcavam o chão e as paredes.

– Como você conhece esse lugar tão bem? – Thanos perguntou.

– Há muito tempo, em outra vida, eu também estava em busca das Joias. Cheguei a segurar uma em minhas mãos. Mas ela me exilou, me baniu para este lugar. Guiando outros para um tesouro que não posso ter. – O Caveira Vermelha levou Thanos e Gamora à beira de um penhasco, de onde o chão abaixo estava longe demais para se enxergar. Enquanto Thanos e Gamora se aproximavam com cuidado, o Caveira Vermelha continuou: – Aquilo que você busca está diante de você. Bem como aquilo que você teme.

– O que é isso? – Gamora perguntou, com a voz ligeiramente presa na garganta enquanto olhava para além da beirada.

– O preço. A Alma ocupa um lugar especial entre as Joias do Infinito. Pode-se dizer que ela tem uma forma de sabedoria – respondeu o Caveira Vermelha.

– Diga-me o que é necessário. – Thanos já havia esperado o bastante.

– Para garantir que aquele que a possui compreende seu poder, a Joia exige um sacrifício.

– De quê? – Thanos perguntou.

– Para obter a Joia, você precisa perder aquilo que ama.

Thanos deu as costas para a beira do penhasco para voltar seu olhar ao Caveira Vermelha. Ele já havia sacrificado tantas coisas. O que mais a Joia podia tirar dele que ele já não houvesse perdido?

– Uma alma por outra.

Ao ouvir essas palavras, os olhos de Thanos começaram a se encher de lágrimas.

Gamora começou a rir. Era bom, mesmo que fosse apenas naquele momento, saber que ela ainda era capaz de rir. Thanos havia roubado dela emoções frívolas assim durante toda a sua vida, mas poder sorrir e sentir essa onda de justiça e alívio fez Gamora acreditar que talvez… Talvez ela tivesse uma chance. Talvez pudesse ter um futuro repleto de amor, afinal. Pensou em Quill, e seu coração foi às alturas. Ela iria atrás de Nebulosa e a libertaria. E talvez Nebulosa até aceitasse se juntar à sua modesta família disfuncional na nave dos Guardiões. Drax e Mantis. Rocky e Groot. Gamora era tão diferente do pai. Ela conhecera o amor. Encontrara uma família. E, por mais complicado que isso fosse, pela primeira vez na vida, Gamora sentiu-se esperançosa.

Ela começou a falar.

– Por toda a minha vida, sonhei com um dia, um momento, no qual você tivesse o que merecia. E sempre me decepcionava profundamente. – Ela se aproximou de Thanos. – Mas agora... você assassina e tortura, chamando de misericórdia. – Ela deu um riso amargo. – O universo lhe deu seu veredito. Você pediu um prêmio, e ele negou. Você fracassou. E quer saber por quê? Porque você não ama nada. Nem ninguém.

Thanos se virou para olhar Gamora de frente, com lágrimas escorrendo em seu rosto.

– Não.

Gamora reagiu com desdém.

– É sério? Lágrimas?

A voz horripilante do Caveira Vermelha ecoou pelo ambiente deserto:

– Não são por ele.

Olhando para o Caveira Vermelha, Gamora começou a ter uma revelação. Sua mente se esvaziou. Sua esperança sumiu. Sua alegria se evaporou. Seu futuro... não. Incredulidade. Ira. Como isso podia ser real? Ela olhou furiosa para Thanos.

Thanos avançou até Gamora.

– Não – ela disse, abalada. – Isto não é amor.

– Eu ignorei meu destino uma vez. Não posso ignorá-lo de novo. Nem mesmo por você – as palavras de Thanos ficavam presas na garganta antes de serem ditas.

Gamora baixou a cabeça. Era tudo culpa dela. Ela havia se deixado acolher por este monstro, deixara que ele formasse uma ligação suficiente com ela para chamar de "amor". Era tudo culpa dela. Ela olhou para ele. Com ousadia. Não havia mais esperança para ela.

Tudo que ela podia fazer era corrigir a situação.

Rapidamente, Gamora esticou o braço até o colete de Thanos, pegou sua faca e, com toda a força, afundou-a no próprio peito. Mas antes que a faca pudesse penetrar sua pele, o objeto desapareceu, substituído por bolhas que saíram flutuando de suas mãos. Gamora as olhou irem embora, junto com seu último resquício de esperança.

– Sinto muito, pequenina – disse Thanos, ainda com lágrimas no rosto. Ele agarrou Gamora pelo braço e a arrastou até a beira do penhasco. Ela resistiu bravamente, socando, arranhando e chutando para se libertar. A cada golpe que ela dava, Thanos chorava mais. Por fim, incapaz de continuar sentindo a dor de perder a única coisa que amava, ele jogou a filha para além da beirada. Enquanto caía, ela esticava o braço em direção a ele, tentando chamar sua atenção. Ele assistiu entorpecido e em silêncio ao corpo dela indo de encontro à tábua cinza a centenas de metros abaixo, chegando ao chão como uma boneca quebrada.

Uma luz branca brilhou, iluminando o céu, cegando Thanos e levando-o a outro espaço e tempo. Tranquilo e imóvel, parecia um mundo de sonho. O poder da Joia da Alma havia sido liberado. Thanos se levantou de uma poça-d'água rasa. Uma pedra de brilho laranja e dourado repousava em sua mão.

PARTE 4

31

27

CAPÍTULO 11

24

— Desça a 2.600, em direção a zero-três-zero — o Capitão disse a Sam.

— Espero que esteja certo — Sam disse, enquanto programava as coordenadas do Quinjet para o que parecia ser a lateral de uma montanha. — Ou vamos aterrissar bem mais rápido do que o ideal.

O Quinjet acelerou, indo diretamente de encontro à montanha. Mas ao passo que Sam se preparava para o impacto, o veículo atravessou a superfície rochosa, entrando na redoma transparente em formato de colmeia e no Reino de Wakanda escondido dentro dela.

A grande nação de Wakanda, uma maravilha tecnológica a respeito da qual o mundo nunca havia ouvido falar até pouco tempo atrás, havia passado os dois últimos dias se preparando para uma guerra. Mas não para uma guerra qualquer. Eles haviam travado uma guerra recente com uma ameaça que vinha de dentro da nação e vencido. Esta nova ameaça, porém, podia destruir mais do que a nação deles; era uma ameaça intergaláctica que deixava o destino de trilhões por um fio. E Wakanda seria o Marco Zero da batalha que decidiria o futuro de metade dos seres vivos do universo.

— Quando você disse que abriríamos Wakanda para o resto do mundo, não foi isso que imaginei. — Okoye murmurou enquanto eles andavam a passos vigorosos para receber os hóspedes a caminho. As Dora Milaje de T'Challa seguiam a dupla de perto enquanto caminhavam pelo pavimento.

– E o que você imaginou? – T'Challa perguntou, abrindo um sorriso brincalhão.

– Os Jogos Olímpicos. Talvez até uma Starbucks.

O Quinjet tocou a plataforma de pouso e os tripulantes saíram dele. Steve Rogers vinha à frente, cruzando olhares com o velho amigo.

– Devemos nos curvar? – Banner perguntou discretamente a Rhodey.

– Sim, ele é rei – Rhodey respondeu.

Steve e T'Challa se cumprimentaram calorosamente.

– Parece que eu sempre preciso lhe agradecer por algo – Steve disse, estendendo a mão. T'Challa retribuiu o gesto e os dois deram um aperto de mão cordial; havia entre eles uma conexão implícita de respeito mútuo obtido no campo de batalha. Agora, mais uma vez, eles se encontravam nesse tipo de campo. Banner limpou a garganta e começou a se ajoelhar.

– Aqui não fazemos isso – T'Challa reprovou educadamente. Banner lançou um olhar acusador a Rhodey, que não conseguiu conter o sorriso.

– Afinal, qual é a escala do ataque que devemos esperar? – T'Challa perguntou ao capitão.

Bruce se aproximou:

– Senhor, acho que deveria esperar um ataque bem grande.

– Como estamos? – Natasha perguntou, referindo-se às defesas de Wakanda.

T'Challa aquiesceu, fazendo cálculos mentais.

– Vocês terão minha Guarda Real, a Tribo da Fronteira, as Dora Milaje e... – Sua voz se interrompeu quando ele notou o olhar de Steve Rogers mirar algo atrás dele.

Não algo, *alguém*.

– E um homem semiestável de cem anos de idade – disse Bucky Barnes. A prótese de braço do Soldado Invernal agora estava incrementada com tecnologia de vibranium, cortesia de T'Challa. Steve achava que Bucky parecia bem. Mais importante: parecia calmo. Seus olhos transmitiam uma clareza que ele não via no amigo há anos. Ele se parecia com o Bucky Barnes de antigamente, aquele que Steve conhecera no Brooklyn tanto tempo atrás. Seu melhor amigo estava de volta.

Os olhos do Capitão se iluminaram conforme ele se aproximava de Bucky, trazendo o amigo para um abraço forte. Seu rosto abriu um sorriso sincero. O primeiro em muito tempo.

– Como você está, Buck?

Bucky sorriu em resposta.

– Nada mal... para o fim do mundo.

No coração do Monte Bashenga ficava o cérebro central da tecnologia wakandana – literal e figurativamente. O Grupo de Design de Wakanda era responsável por aquilo que fazia de Wakanda a sociedade mais avançada do planeta. A líder do grupo, uma jovem mulher que por acaso era a princesa de Wakanda e irmã de T'Challa –, Shuri – era o cérebro por trás de praticamente todos os projetos.

– A estrutura é polimórfica – Shuri disse para o grupo de Vingadores reunidos em seu laboratório. Enquanto examinava a conexão da Joia da Mente na cabeça do Visão, o androide ficava deitado em uma mesa cirúrgica no centro de tudo. Shuri usou uma Conta Kimoyo para fazer uma varredura no Visão e na Joia da Mente, projetando uma imagem holográfica do padrão intrincado que a Joia havia traçado para se atrelar ao cérebro do Visão.

– É. Tivemos que conectar cada neurônio de modo não sequencial – Bruce explicou.

Bruce estava tentando disfarçar seu espanto com a genialidade da jovem… e sua inveja da tecnologia do laboratório. O seu lado cientista estava no paraíso, e ele finalmente era capaz de contribuir ativamente com a batalha.

– Por que vocês simplesmente não reprogramaram as sinapses para atuar coletivamente? – Shuri perguntou, como se fosse o processo mais simples do mundo. Os olhos do Visão foram de Shuri para Banner.

– Porque… não pensamos nisso. – Banner corou.

– Tenho certeza de que fizeram o melhor que podiam – Shuri disse, benevolente.

Wanda pegou a mão do Visão e olhou nervosa para Shuri.

– Você consegue fazer isso?

A jovem genial olhou para todos ao redor.

– Sim, mas há mais de dois trilhões de neurônios aqui. Um erro de alinhamento poderia causar falhas de circuito em efeito cascata. – Shuri olhou para T'Challa. – Precisarei de tempo, irmão. – T'Challa anuiu com a cabeça, entendendo a magnitude do que Shuri dizia.

– Quanto tempo? – Steve perguntou. Na sua voz havia a promessa de que ele asseguraria pessoalmente que Shuri tivesse o tempo necessário.

– O máximo que puderem me dar – ela respondeu.

Naquele momento, o bracelete de Okoye acendeu. Ao apertar uma das Contas Kimoyo, um holograma apareceu. Ela endureceu os olhos ao perscrutar o recinto.

– Alguma coisa entrou na atmosfera.

A guerra havia começado.

– Ei, Capitão, temos um problema aqui – disse Sam enquanto ele e Bucky viam uma coluna de fumaça atravessar o céu e uma nave monolítica descer logo acima deles. A nave acertou os escudos acima da Cidade Dourada, a capital de Wakanda, e explodiu.

– Céus, como eu amo esse lugar. – Bucky olhava com admiração, observando chuviscos azulados percorrerem o sistema de defesa wakandano.

– Não comemorem ainda. Temos mais alguns chegando fora da redoma – Rhodey comunicou por rádio.

Um segundo grupo de naves aterrissou fora da redoma; suas pontas afiadas perfuraram o chão como estacas, fazendo o terreno ao redor dos escudos parecer sitiado por uma armada de colunas quadradas de vários andares.

Os tremores que se sucederam foram sentidos por Wakanda inteira e as árvores começaram a chacoalhar.

O som sem igual de um exército em marcha ficava cada vez mais próximo.

— É tarde demais — o Visão disse para as pessoas no laboratório. Ele começou a sair da mesa; seu plano anterior parecia o mais lógico em sua mente. — Precisamos destruir a Joia agora.

— Visão, volte pra essa mesa agora — ordenou a Viúva Negra.

— Nós os seguraremos — o Pantera Negra assegurou.

Todos, exceto Shuri, o Visão e a Feiticeira Escarlate, começaram a sair da sala.

— Wanda, assim que a Joia sair da cabeça dele, exploda-a com tudo — disse o Capitão. Ele apertou o ombro dela para dar apoio moral.

— Pode deixar — ela garantiu.

O Pantera Negra se virou para Okoye.

— Evacuem a cidade. Acionem todas as defesas — ordenou. Depois, apontando para Steve Rogers, emendou: — E deem um escudo a este homem.

Enquanto isso, em Nidavellir, Rocky afastava a cápsula da forja e a levava à estrela morta. Enquanto pairavam pelos anéis congelados, Thor estava em pé do lado de fora da cápsula, com um cabo amarrado ao redor da cintura.

— Eu acho que você não entendeu cientificamente a coisa. Esses anéis são gigantescos. Se quiser que eles se movam, vai precisar de uma coisa bem maior pra dar a partida. — Rocky avisou, voando logo acima dos anéis. Thor pulou, saindo da cápsula e indo parar neles.

— Deixa comigo – disse Thor, agarrando o cabo.

— Deixar contigo? Meu amigo, você tá no espaço. Tudo o que você tem é uma corda e u…– Rocky foi interrompido por um som potente de chicote quando Thor começou a girar a cápsula com a força de um Deus do Trovão.

— Ligue o motor! – Thor gritou. Rocky seguiu o comando, deixando os motores da cápsula na máxima potência possível, rebocando Thor. Esse, por sua vez, derrapou pelo anel congelado e, por fim, cavou o metal com os calcanhares enquanto se segurava ao cabo como se sua vida dependesse disso.

— Mais potência, coelho! – Thor afundou os pés e deixou que a força motriz da pequena cápsula forçasse os anéis a se moverem. Rocky fez os motores atuarem com mais potência do que jamais haviam atuado antes; seu rosto se contorcia de puro esforço e concentração enquanto a nave chiava em protesto. Thor soltou um grito primitivo quando o gelo que havia se formado entre os mecanismos do anel começaram a rachar e ceder. Um tremor profundo vibrou abaixo de Thor ao passo que os anéis congelados começavam a despertar. Os anéis se alinharam e a luz brilhante da estrela até então morta resplandeceu como um raio de esperança pelo universo.

— Muito bem, meu jovem – disse Eitri, maravilhado com a estrela que agora brilhava novamente.

Thor pulou até a nave e espremeu o próprio corpo no para-brisa.

— Isso é Nidavellir! — Thor gritou para Rocky pelo vidro da pequena cápsula heroica. Rocky fitou a estrela brilhante, embasbacado e sem palavras.

Um raio de luz saiu da estrela, atravessando os anéis agora alinhados e indo diretamente para o coração da forja. Eitri olhou ao redor enquanto a forja voltava a ganhar vida. Por alguns segundos, tudo deu certo.

Até que algo deu errado e o raio de luz desapareceu. Novamente, a forja apagou-se.

— Droga — Eitri desabafou.

— Droga? O que foi esse "droga"? — Rocky perguntou.

— O mecanismo está quebrado. — Eitri explicou.

— Como assim? — Thor perguntou.

— Com a íris fechada, eu não tenho como esquentar o metal — Eitri explicou.

— Quando tempo leva para esquentá-lo? — Thor perguntou em um tom claramente exausto.

— Alguns minutos? Talvez mais que isso. Por quê?

— Eu vou segurar a abertura. — Thor se levantou, preparando-se para mais um round.

— Isso é suicídio — alertou Eitri.

— Enfrentar Thanos sem o machado também é — Thor retrucou, decidido.

E, com isso, Thor pulou até o centro da íris.

— Como está indo, Bruce? — a Viúva Negra perguntou.

— É, acho que estou pegando o jeito. — Vestindo a armadura Hulkbuster, Bruce saltava pelos campos verdes, pulando por cima dos guerreiros wakandanos em seus transportes para as linhas de frente. – Uhuuuu! – Bruce começou a correr junto aos transportes. – Nossa, isso é incrível. É como se eu fosse o Hulk sem ter que ser... – as palavras de Bruce foram interrompidas quando ele tropeçou com tudo em uma pedra qualquer. Okoye o ultrapassou no transporte, olhando de soslaio e com desdém para o corpo robótico de Bruce, agora retorcido e sujo de grama.

– Estou bem. – Bruce tirou pedaços de terra e grama do capacete. – Estou bem.

– Estou captando dois sinais térmicos vindos das árvores – disse Máquina de Combate, chiando pelo rádio enquanto ele e o Falcão voavam alto sobre os exércitos wakandanos.

Próxima Meia-Noite e Seletor Obsidiano caminhavam até o escudo ao mesmo tempo em que as tribos de Wakanda se arregimentavam.

– *Ah! Oou! Oou!*

– *Male faa!*

– *Ah! Oou! Oou!*

– *Male faa!*

O grito de guerra Jabari podia ser escutado por todos enquanto os guerreiros e seu líder, M'Baku, trocavam proclamações, deixando T'Challa ciente de que M'Baku havia respondido ao chamado para juntar-se à luta pela salvação do mundo.

– Obrigado por lutar ao nosso lado – T'Challa disse, apertando a mão do outro líder. M'Baku olhou para

T'Challa, no momento vestido como o Pantera Negra, e acenou a cabeça com respeito.

– *Mfowethu* – disse M'Baku em xhosa. Quando traduzidas, essas palavras dizem "*meu irmão*".

Marchando até a barreira com a Viúva Negra e Bruce Banner na armadura Hulkbuster, o Capitão América e o Pantera Negra encararam Próxima Meia-Noite e Seletor Obsidiano. Próxima passou sua arma pelo escudo, testando seus limites. Enquanto a barreira zunia entre eles, os dois lados estavam a apenas um metro de distância um do outro.

– Cadê o seu outro amigo? – Natasha provocou.

– Vocês pagarão pela vida dele com as suas. – Próxima voltou sua atenção para o Capitão América e o Pantera Negra. – Thanos terá a Joia.

– Isso não vai acontecer – Steve prometeu.

A voz imponente de T'Challa se manifestou de maneira que todos pudessem ouvir.

– Você agora está em Wakanda. Thanos não terá nada além de poeira e sangue.

O sorriso de Próxima Meia-Noite era horripilante.

– Nós temos sangue de sobra. – Ela ergueu sua arma e uivou.

– Eles se renderam? – Bucky perguntou ao Capitão, que voltava à linha de frente.

– Não exatamente – Steve respondeu com um dar de ombros preocupado.

– *Yibambe!* – T'Challa disse às tropas. Esse grito significava "*Pare!*"

– *Yibambe!* – A resposta veio dos milhares que lutariam.

– *Yibambe!* – T'Challa disse de novo.

– *Yibambe!* – responderam todos.

Enquanto as tribos de Wakanda – unidas sob a bandeira do Pantera Negra – permaneciam firmes ao lado dos Vingadores, elas assistiam horrorizadas a milhares de batedores – uma raça de criaturas humanoides de quatro braços, sem olhos e com presas grandes – emergirem das naves inimigas e avançarem raivosos, parando com fúria nas imediações da redoma. Eles arranhavam a barreira com selvageria, ecoando gritos de suas goelas.

– Mas o que diabos? – Bucky perguntou, estarrecido.

– Acho que a irritamos – Natsaha rosnou, absorvendo a brutalidade da cena.

Os batedores continuavam a escorrer das naves e a se lançar contra o escudo. Eles subiam sobre os corpos de seus pares caídos e tentavam forçar a própria entrada na barreira de energia, mesmo perdendo membros e morrendo no processo.

Okoye observava em choque, ao lado do Pantera Negra.

– Eles estão se matando – O que ela não foi capaz de dizer era que, por mais lentos que fossem, um a um estavam abrindo o sistema de defesa de Wakanda.

– *Vala!* – comandou T'Challa, dizendo "*Bloqueio!*" para as tropas.

– *Vala!* – as tropas responderam. Após o comando, ergueram suas capas de proteção diante delas enquanto a ofensiva de batedores avançava.

– *Kubo!* – T'Challa gritou, dizendo "*Fogo!*" para as tropas.

– *Kubo!* – as tropas gritaram em resposta. Eles atiraram como uma unidade em direção à horda assoladora que ameaçava tudo. Enquanto os lasers azuis das tribos wakandanas cruzavam o campo de batalha, as balas da arma de Bucky acertavam alvos com precisão brutal. O Falcão voava por cima, observando a cena perturbadora. Um batedor pulou até ele e Sam soltou três mísseis em resposta. Depois de acertar todos os alvos, ele fez uma manobra e falou com Rhodey.

– Você viu os dentes dessas coisas? – Sam perguntou, tendo visto uma das feras mais de perto do que gostaria.

– Ok, agora fique longe, Sam. Senão suas asas vão ficar chamuscadas – Rhodey alertou, ativando as granadas da Máquina de Combate ao longo do perímetro da barreira.

– Capitão, se essas coisas derem a volta pelo perímetro e entrarem por trás, não haverá nada entre eles e o Visão – Banner disse.

– Então é melhor mantê-los à nossa frente – o Capitão examinou a barreira.

– Como faremos isso? – Okoye perguntou, definitivamente sem querer ouvir a resposta.

– Abrimos a barreira – disse T'Challa, sério. Colocando o dedo na orelha, ele comunicou-se via rádio com o quartel-general – Ao meu sinal, abram a Seção Noroeste Dezessete.

– Confirmando, meu rei. Você disse para abrir a barreira? – o outro lado respondeu.

– Ao meu sinal – a voz de T'Challa estava calma.

– Será o fim de Wakanda – disse M'Baku, contemplando o campo de batalha.

– Então será o fim mais nobre da História – rosnou Okoye, aferrenhando-se.

– *Vula!* – T'Challa comandou. A palavra significava "*abrir*". Suas tropas não hesitaram e desativaram suas capas. T'Challa deu um passo à frente.

– Wakanda para sempre! – ele gritou, colocando os braços em forma de "X" à frente do peito enquanto a máscara se fechava ao redor de seu semblante determinado.

– Wakanda para sempre! – os exércitos gritaram enquanto corriam rumo à barreira como uma só unidade. Entre eles, o Capitão América e o Pantera Negra eram os mais rápidos.

– Agora! – T'Challa gritou ao rádio. E a barreira se abriu conforme ordenado.

As duas forças se encontraram num estalo doloroso. Caos e sangue se espalharam. Em meio à selvageria em que se encontrava, o Pantera Negra ativou seu comunicador, chamando sua irmã no laboratório do Grupo de Design de Wakanda.

– De quanto tempo ainda precisa, Shuri?

Shuri olhou para o Visão na mesa do laboratório e para a imagem holográfica dos milhões de caminhos neurais nos quais ela ainda tinha de trabalhar com precisão cirúrgica para extrair a Joia da Mente com sucesso.

– Eu mal comecei, irmão – ela respondeu com sinceridade, sabendo quantas vidas estavam em jogo.

Olhando a carnificina que já se formava, T'Challa encorajou a irmã.

– É melhor você se apressar.

Em Nidavellir, Thor entrou na íris quebrada.

– Pais de Todos, deem-me força. – Thor disse. Sua voz era reverente e inflexível. A tristeza que ele sentia por todos que havia perdido se transformou por um momento em uma fixação determinada. Ele precisava daquele machado se pretendia matar Thanos. Não havia outra maneira.

– Você entende, meu jovem? Está prestes a receber a força total de uma estrela. Isso vai matá-lo. – Eitri avisou.

– Só se eu morrer – Thor disse, tentando se animar nestes momentos finais.

– Sim. É isso q-que… "matá-lo" significa – Eitri respondeu, em dúvida se Thor entendia a magnitude do que estava prestes a tentar realizar.

Thor fechou os dedos ao redor de um dos lados da íris, depois do outro. Sem hesitar, puxou as duas partes e um raio de luz brilhou fortemente atrás dele, em seguida irrompendo e atravessando seu corpo, indo diretamente até a forja.

A forja despertou. Cheia de brilho e poder.

– Segure! Segure, Thor! – Eitri gritou enquanto ele olhava o líquido derretido agora borbulhando nos caldeirões antes frios da forja. Eitri correu e tombou o caldeirão com o ombro, derramando o líquido dourado nos moldes logo abaixo. Enquanto o líquido se espalhava pelo molde da Rompe-Tormentas, Thor ficou inconsciente. Queimado e à beira da morte, seus braços ainda seguravam os dois lados da íris. Quando ele por fim caiu, a potência do raio de luz lançou seu corpo mole e sem vida na direção da forja. Rocky ativou os motores da cápsula, desesperadamente tentando pegá-lo.

– Ai! – Thor bateu na lateral da forja e rolou para dentro das docas, com Rocky chegando logo atrás. Groot olhou Thor deitado no chão, imóvel. Rocky saiu da cápsula num pulo e correu até Thor. Ele se ajoelhou ao lado do homem e tentou acordá-lo com sacudidas.

– Thor! Fale alguma coisa, vai! Thor, você tá bem?

Eitri puxou a forma da Rompe-Tormentas de sua plataforma, e ela se separou. Ele batia no molde com suas mãos de metal inutilizadas, tentando libertar o machado de seu cativeiro. Desesperadamente, Rocky chamou Eitri em pânico.

– Acho que ele tá morrendo.

– Ele precisa do machado. Cadê a empunhadura? Árvore, me ajude a encontrar a empunhadura! – Eitri corria pela forja em busca do cabo da Rompe-Tormentas.

Groot olhou para Thor e para Rocky, desesperadamente tentando ressuscitar o Deus do Trovão. Pensou em tudo aquilo que Thor se dispôs a sacrificar em nome da menor chance de vitória.

Ele colocou o videogame de lado e enrijeceu-se. Era hora de fazer parte da equipe.

Groot se levantou e andou até a Rompe-Tormentas. A arma ainda emitia um brilho vermelho por causa do calor e estava dividida em duas metades. Ele deixou seus galhos se moverem e entrelaçarem as partes de martelo e de machado. Com um gemido dolorido, Groot por fim juntou as duas partes. Em seguida, trouxe a Rompe-Tormentas para perto dele e ergueu a arma lendária, da qual seu braço agora fazia parte. Com o outro braço, cortou o próprio membro para se separar do machado, fazendo uma careta de dor.

A Rompe-Tormentas havia encontrado sua empunhadura.

Os dedos de Thor tiveram espasmos quando a arma caiu no chão da forja. Faíscas azuis surgiam e arqueavam ao redor da Rompe-Tormentas, que começou a sair do chão, em direção a seu novo mestre.

Os batedores se provaram inimigos de objetivo único: morte a seus oponentes a qualquer custo. Bucky, Steve e o Pantera Negra lutavam como um trio em roda, mas se viam obrigados a recuar do escudo da redoma aos poucos.

Os batedores não se deixavam deter pelas bombas da Máquina de Combate, lançadas de cima.

A Viúva Negra e Okoye matavam tantos quanto podiam, protegendo os flancos uma da outra.

Meia dúzia de batedores subjugaram a armadura Hulkbuster, deixando Banner às escuras dentro dela.

– São numerosos demais! – A voz de Banner foi transmitida aos companheiros de equipe, todos passando pela mesma situação desde a abertura da fresta.

Para cada herói, havia pelo menos mil batedores. Eles estavam perdendo feio.

De repente, um clarão branco surgiu no céu, estalando com eletricidade ao passo que dezenas de ramificações de relâmpago acertavam o chão. A energia dos relâmpagos atravessou uma horda de batedores, matando-os instantaneamente.

Saindo de dentro do clarão, a Rompe-Tormentas percorreu o campo de batalha wakandano, matando outras centenas de batedores antes de voltar para seu mestre.

Com Rocky em seu ombro e Groot ao seu lado, saiu da fumaça o Deus do Trovão em pessoa: Thor. Eletricidade azul cintilava e rodeava Thor ao passo que sua capa vermelha baixava atrás dele.

Natasha e o Capitão olharam para o velho amigo com alívio e afeto. Thor estava vivo e pronto para ajudar. Talvez nem tudo estivesse perdido, afinal.

– Agora vocês estão *muito* ferrados! – Banner comemorou de dentro da Hulkbuster.

– Tragam Thanos até mim! – Thor berrou enquanto corria para a vanguarda. Erguendo a Rompe-Tormentas, ele lançou-se no ar, formando uma tempestade explosiva de relâmpagos. Pairando no alto, com um brilho branco nos olhos, Thor foi para cima dos batedores e começou a dar cabo deles com velocidade e precisão.

O jogo havia oficialmente virado.

Ao sair do portal de teletransporte, Thanos imediatamente sentiu que havia algo... de errado. Ele crescera em Titã e, embora muitos anos tivessem se passado desde que ele fora ostracizado, ali sempre seria seu lar. Naquele momento, seu lar dizia que havia algo de anormal. Olhando para a esquerda, ele viu os resquícios da nave de Fauce de Ébano e suas suspeitas foram confirmadas. Ele virou-se ao ouvir um suspiro atrás dele.

– É mesmo. – O doutor Stephen Strange estava sentado em um conjunto de degraus quebrados que não levavam a lugar nenhum, observando com casualidade a aparência do inimigo que havia atravessado a galáxia atrás dele. – Você tem cara de Thanos.

Thanos olhou bem para o guardião da Joia do Tempo.

– Suponho que Fauce esteja morto. – Strange confirmou com a cabeça. – Este dia cobra um preço alto. – Thanos deu um suspiro profundo. – Mesmo assim, ele cumpriu sua missão.

– Talvez você se arrependa – Strange retorquiu. O Olho de Agamotto brilhava verde na presença das outras Joias. – Ele o deixou frente a frente com o Mestre das Artes Místicas.

— E para onde você acha que ele o trouxe? — Thanos perguntou.

Doutor Estranho decidiu entretê-lo.

— Deixe-me adivinhar... Sua casa?

Thanos olhou ao redor. Uma tristeza estranha passou por seu rosto.

— Foi um dia — disse. Ele fechou a mão da Manopla e o vermelho da Joia da Realidade brilhou. De repente, Strange e Thanos estavam sentados no coração de uma cidade no seu auge. Céu limpo, naves voando, uma meca metropolitana movimentadíssima. — E era linda.

Strange tentou disfarçar o fascínio de ver a Joia da Realidade sendo usada. Em vez disso, concentrou-se em Thanos, perdido no passado que, mais uma vez, o envolvia como um fantasma.

— Titã era como a maioria dos planetas. Muitas bocas para pouca comida — ele parecia frustrado ao falar. — E quando estávamos à beira da extinção, eu ofereci uma solução.

— Genocídio — Strange não usou meias-palavras.

— Mas aleatório — Thanos concordou, para o choque de Strange. — Imparcial. Justo para pobres e ricos. Me chamaram de louco. E minha previsão se concretizou. — Thanos relaxou a mão da Manopla e Titã voltou à realidade.

— Parabéns, você é um profeta — Strange disse, sarcástico.

— Sou um sobrevivente.

— Que quer assassinar trilhões — Strange disse, confrontando Thanos.

— Com todas as Joias, eu poderia simplesmente estalar meus dedos. Todos eles deixariam de existir. — Ele olhou para Strange como se o místico fosse entender o seu ponto de vista. — Chamo isso de misericórdia.

Strange se levantou e foi até Thanos, interessado em obter o máximo de informações dele.

— E o que vem depois?

— Eu finalmente descansaria e olharia o nascer do sol de um universo agradecido. As escolhas mais difíceis exigem os mais determinados — ele explicou.

— Eu acho que você verá que nossa determinação é comparável à sua. — Strange conjurou duas mandalas de proteção douradas.

Uma expressão passageira de surpresa surgiu no rosto de Thanos.

— "Nossa"?

Com essa deixa, o Homem de Ferro empurrou um pilar gigantesco e quebrado para cima de Thanos.

— Moleza, Quill — Tony falou, voando acima dos escombros.

— É, se seu objetivo era deixar ele irritado. — Quill ativou sua máscara e voou atrás de Stark.

Uma energia roxa explodiu de dentro do pilar. Thanos gritava enquanto a Joia do Poder brilhava com força. Em seguida, com outro movimento da Manopla, a Joia da Realidade vermelha transformou os pedregulhos do pilar quebrado em uma revoada de morcegos, que Thanos imediatamente orientou para que atacassem o Homem de Ferro, pego completamente de surpresa.

Enquanto Thanos olhava para o Homem de Ferro sendo levado para longe, seus dois olhos foram cegados por algum tipo de teia. Isso deu a Drax exatamente o tempo necessário para entrar na luta, armado com duas facas, e cortar Thanos na altura dos joelhos.

A combinação de Guardiões e Vingadores atacou Thanos, deixando-o em choque. Rajadas de repulsão, teias, espadas e cordas mágicas, armas de raios e adagas faziam o Titã Louco perder o equilíbrio.

— Bum! — disse o Senhor das Estrelas, voando por cima. Thanos levantou o olhar a tempo de ver Quill acenando; em seguida, uma explosão abalou o chão abaixo do titã.

Strange, empunhando uma corda mágica que puxava o pulso de Thanos, ordenou que a Capa da Levitação também atacasse.

— Não deixe que ele feche o punho! — ele comandou, e a Capa envolveu a Manopla do Infinito.

Atacando simultaneamente, os heróis conseguiram levar um dos joelhos de Thanos ao chão. Um portal se abriu perto de sua cabeça, e o Homem-Aranha saiu planando dele, com o punho à frente.

— Magia! — ele exclamou ao atingir Thanos, em seguida sumindo em outro portal. Outro par de portais se abriu e o Aranha atravessou-os com uma pirueta, atirando uma teia na cara de Thanos e puxando-a enquanto desaparecia, gritando – Mais magia! – Um terceiro par se abriu e o Homem-Aranha chutou Thanos, abatendo-o ainda mais. – Magia com chute!

Um quarto par se abriu.

– Magia com... – desta vez, Thanos já esperava o Homem-Aranha. Ele o pegou pelo pescoço e jogou o rapaz no chão com tanta força que deixou uma cratera onde o corpo dele encontrou o chão duro.

– Inseto – Thanos rosnou enquanto Peter se debatia sob o aperto de sua mão. Thanos pegou o garoto e o arremessou em direção a Strange. Thanos arrancou a Capa de sua mão com a Manopla no mesmo momento em que Tony passou voando com força explosiva. Uma força que a Manopla de Thanos absorveu e depois refletiu para o Homem de Ferro. O Homem-Aranha usou seus lançadores de teia para mais uma vez tentar inutilizar a Manopla, mas Thanos arrancou a teia da luva dourada e, em resposta, fez Peter sair voando. Enquanto olhava Peter no ar, uma nave desconhecida zuniu na direção de Thanos, atropelando-o enquanto aterrissava violentamente.

Enquanto Thanos levantava um dos joelhos, Nebulosa pairou por cima dele e desferiu-lhe um soco no rosto antes de pousar diante do pai, com a espada já em riste.

– Ora, ora – ele murmurou, claramente impressionado.

– Você deveria ter me matado – Nebulosa falou entredentes.

Thanos retrucou.

– Teria sido um desperdício de peças.

Nebulosa acertou-o no rosto mais uma vez, sem hesitar.

— Cadê a Gamora? — ela perguntou.

Thanos acertou Nebulosa com o dorso da mão, mandando-a pelos ares.

Era hora de a equipe aproveitar a melhor oportunidade que eles teriam.

Nos momentos seguintes, Strange envolveu a mão de Thanos que vestia a Manopla com cordas de energia vermelha, puxando os dedos para que ficassem esticados. Drax chegou deslizando e chutou Thanos de modo que o titã caísse de joelhos. Quill eletrocutou a outra mão de Thanos para que ela ficasse esticada na direção do chão. O Homem-Aranha balançou-se ao redor do titã, usando suas teias para laçá-lo e imobilizá-lo. Tony veio por cima e colocou as mãos ao redor da Manopla.

Ele estava detido, o que significava que era hora da parte mais crucial do ataque. Um portal abriu-se acima da cabeça de Thanos e Mantis caiu sobre seus ombros, colocando as mãos nas têmporas dele. Ele resistiu, mas Mantis conseguiu estabelecer uma conexão empática com Thanos.

Seus ombros caíram e seus olhos se fecharam.

— Ele está controlado? Não pare — o Homem de Ferro comandou.

— Rápido. Ele é muito forte — disse Mantis, esforçando-se para mantê-lo abatido.

— Parker, me ajuda aqui. Ela não vai conseguir segurá-lo por muito mais tempo. Vamos. — Peter caiu ao lado de Tony e, juntos, os dois tentavam, com dificuldade, tirar a Manopla da mão de Thanos.

– De novo, de novo. Vamos no três. Vai. – A dupla puxava e fazia força enquanto trabalhava em conjunto.

– Aí! Vamos lá. – Tony disse a Peter quando eles sentiram um leve progresso.

– Precisamos abrir os dedos pra conseguir tirar – Peter disse. Sua voz era um grunhido desgastado.

Quill pousou em frente a Thanos, vitorioso.

– Pensei que ia ser mais difícil pegar você. E só pra constar, esse plano foi meu – ele se vangloriou, andando até ele. – Cadê sua força agora, hein?

Thanos gemeu, tentando libertar sua mente.

– Onde tá a Gamora? – Quill exigiu saber.

– M-mi-minha Ga-Gamora… – Thanos ganiu, o que só deixou Quill mais furioso.

– Sem mentir! Onde ela tá?

Mantis começou a vacilar nos ombros de Thanos. Seu rosto se contorcia de dor.

– Ele está angustiado – ela disse.

– É melhor que esteja – Quill disparou.

Mantis balançou a cabeça enquanto a dor de Thanos a preenchia.

– Ele… está enlutado.

– E que motivo este monstro teria para se enlutar? – Drax grunhiu, ainda se esforçando para segurar Thanos.

– Gamora – disse uma voz pesarosa atrás deles.

Quill virou-se para olhar para Nebulosa, confuso.

– O quê?

O olhar de Nebulosa estava em Thanos enquanto falava, examinando sua expressão, torcendo para estar errada, mesmo sabendo que não estava.

– Ele a levou até Vormir. Ele voltou com a Joia da Alma... – sua voz virou quase um sussurro – mas sem ela.

Percebendo para onde a situação caminhava, Tony fez a máscara de seu traje sair e começou a falar o mais rápido que pôde.

– Ok, Quill, você precisa se acalmar. Entendeu? Não, não, não interfira! – Quill virou-se para encarar Thanos e, desesperado, Tony gritou – Estamos quase tirando a luva!

– Diz que é mentira. Diz que você não fez isso! – O rosto de Quill corou de raiva. Seus olhos estavam vermelhos, com lágrimas já se acumulando neles.

Thanos teve dificuldade em dizer as palavras.

– Foi necessário.

Quill balançou a cabeça, incrédulo.

– Não, não era. Você não fez isso. – O Senhor das Estrelas pegou a pistola e golpeou o rosto de Thanos com ela. – NÃO. VOCÊ NÃO FEZ ISSO!

– Quill! – Tony se jogou em Quill, fazendo-o parar de atacar Thanos. – Ei! Pare!

– Tá saindo, tá saindo... – disse o Homem-Aranha. A Manopla se separava cada vez mais da mão de Thanos.

– Ei! Pare, pare! – Tony altercava com Quill, desesperadamente tentando manter o plano nos trilhos.

– Tá saindo... – Peter disse entredentes.

– Ei! Pare, pare! – Tony repetia desesperado. Ele segurava o braço de Quill com seu corpo enquanto ouvia Peter chegar cada vez mais perto do objetivo. Só mais um pouco. Só mais um pouquinho.

E, então, deu certo.

Peter puxou a Manopla, deixando-a a um centímetro da mão de Thanos.

– Peguei! Peguei!

Os olhos de Thanos se abriram e seus dedos se fecharam na Manopla, tirando-a das mãos de Peter. Thanos pegou Mantis com os braços e a lançou para o mais longe possível de seus ombros.

– Ai, meu Deus... – o Homem-Aranha pulou na direção de Mantis, pegando-a antes que ela caísse no chão.

Um a um, Thanos rapidamente se livrou dos demais Vingadores e Guardiões. Uma onda de choque roxa saiu da Manopla, derrubando Quill, Drax e Nebulosa de uma vez só.

Enquanto Tony disparava rajadas em Thanos, o titã decidiu lidar com aquela mosca de uma vez por todas. Ele olhou para o céu, fechou o punho da Manopla e mandou uma rajada de energia para o alto. Erguendo o olhar, o Homem de Ferro empalideceu.

A lua que Thanos havia convocado com as Joias do Infinito estava caindo na direção deles.

CAPÍTULO 12

10

A batalha de Wakanda continuava e, embora a chegada de Thor tivesse dado mais tempo aos Vingadores e aos wakandanos, ainda não havia um fim à vista. Seletor Obsidiano golpeava as fileiras wakandanas com seu martelo, sendo necessário o próprio Pantera Negra para refrear o Filho de Thanos por um momento que fosse.

– Venham pra cima, cachorros espaciais! – Rocky provocou enquanto girava e atirava em qualquer batedor que se aproximasse. Ao lado, Bucky notou uma oportunidade. Pegando e erguendo Rocky, ele girou o guaxinim atirador em um movimento circular rápido ao mesmo tempo em que dava cabo de qualquer um que atacasse pelo outro lado. – Pode vir! Toma essa! E essa! E essa! Vem pra cima! – Rocky gritava enquanto eles varriam tudo em um raio de quase um quilômetro. Bucky baixou o guaxinim, agradecendo com um aceno de cabeça.

– Quanto quer pela arma? – Rocky perguntou.

– Não está à venda. – Bucky respondeu.

– Beleza. Quanto quer pelo braço? – Bucky olhou confuso para Rocky antes de se afastar, em busca da próxima vítima. – Ah, eu vou pegar esse braço – Rocky murmurou com um sorriso.

Thor golpeava com a Rompe-Tormentas, eliminando inúmeros batedores. Em um breve momento de calma, ele olhou para o Capitão América no campo de batalha.

– Penteado novo? – Steve perguntou, sem fôlego.

– Percebi que copiou minha barba.

O Capitão anuiu com a cabeça, ainda respirando com dificuldade.

Atrás deles, Groot empalou três batedores.

— A propósito, este aqui é um amigo meu: Árvore — disse Thor.

— Eu sou Groot! – Groot disse, segurando o trio perfurado.

— Eu sou Steve Rogers — disse o Capitão, colocando a mão no peito em um gesto de apresentação.

No momento em que os Vingadores e wakandanos sentiam que estavam ganhando o controle da batalha, o exército de Thanos revelou outra surpresa sórdida: máquinas de guerra colossais, maiores que as mais altas árvores da floresta, surgiram rolando com engrenagens espinhosas que dilaceravam tudo que estivesse no caminho.

— Recuem! — T'Challa comandou — Recuem agora! — Ele precisava manter suas tropas em segurança.

Do alto da torre, Wanda assistia ao desenrolar da batalha. Ela sabia que Shuri precisava de mais tempo para remover a Joia da Mente e, pelo comunicador, ouviu as ordens do Pantera Negra para recuar.

— Concentre o fogo no flanco esquerdo, Sam — ordenou Máquina de Combate.

— Já estou concentrando — respondeu Sam. Os dois homens se dedicavam a derrubar o maior número que conseguissem desses enormes espinhos rolantes.

Enquanto Okoye e a Viúva Negra lutavam, elas não notaram um espinho rolante em sua direção. No momento em que elas viram e se prepararam para o impacto, Wanda pousou na frente das duas e usou seus raios de energia vermelhos para erguer a máquina gigante sobre as aliadas e soltá-la em cima do exército de batedores que estava logo atrás.

Okoye virou-se para a Viúva Negra, girando seu bastão na mão.

– Por que ela ficou lá em cima esse tempo todo?

Escondida e separada da batalha por um córrego, Próxima Meia-Noite falou ao seu comunicador.

– Ela está no campo de batalha. Vá pegar.

No laboratório, Shuri e sua guarda Dora Milaje, Ayo, ficaram chocadas com a entrada repentina de Corvus Glaive, que aparentemente não estava morto, afinal. A batalha entre Ayo e Corvus repercutiu pelo laboratório enquanto Shuri trabalhava com o dobro da velocidade para tentar desfazer as conexões entre a Joia da Mente e o Visão.

O Visão sabia, no fundo, que aquela batalha não era delas. Eram questões em aberto que o envolviam. Então, quando Corvus Glaive foi até Shuri após derrubar Ayo, o Visão levantou-se rapidamente e deu uma investida no alienígena esguio. Ele lançou a si mesmo e a Corvus Glaive a uma janela, atravessando-a e caindo para o chão fora da torre.

Usando seus óculos de visão à distância, o Falcão viu, de onde estava no campo de batalha, a dupla caindo. Suas mãos começaram a suar no mesmo instante.

– Pessoal – o Falcão disse ao rádio. – O Visão está em apuros.

Steve estava rodeado de batedores, dando chutes e escudadas neles sem parar. Ele gritou ao comunicador:

– Alguém vá até o Visão!

– Eu vou! – Banner respondeu, acelerando na direção do Visão.

– A caminho – Wanda disse logo antes de ser golpeada no rosto com o bastão de Próxima e rolar para uma vala nas proximidades. Próxima virou Wanda de barriga para cima e ficou em cima dela.

– Ele morrerá sozinho. Assim como você – tripudiou Próxima.

– Ela não está sozinha – disse uma voz áspera e calma atrás de Próxima Meia-Noite, que se virou para se deparar com a Viúva Negra. Virando-se no outro sentido, Próxima viu Okoye girando o bastão. Ambas prontas para lutar. Okoye sinalizou para Natasha com a cabeça, mas foi Próxima quem agiu primeiro. A Viúva Negra e Okoye se entrecruzavam e rodeavam Próxima com movimentos tão precisos e letais que pareciam uma coreografia.

Banner finalmente chegou aonde o Visão estava, bem a tempo de ver Seletor Obsidiano dar um golpe esmagador no super-robô, fazendo-o cambalear. Bruce se posicionou à frente de Corvus e de Seletor.

– Isso aqui não vai ser que nem foi em Nova York, meu chapa – Banner avisou. – Este traje já deu uma surra no Hulk. – Seletor agarrou-se a Banner e decolou com ele floresta adentro, para longe do Visão e de Corvus Glaive.

– Pessoal, o Visão precisa de apoio agora! – Banner comunicou via rádio enquanto ele e Seletor batiam na lateral de uma queda-d'água. – Hulk? Hulk? Eu sei que você gosta de aparecer no último segundo. Bem, é agora. Isto aqui, agora, é o último segundo.

Seletor reagiu usando seu martelo mecânico para esmagar um dos braços da armadura Hulkbuster, envolvendo-o com a corrente da arma. Em seguida, arrancou um braço com um puxão.

– Ah, não! Ah! Hulk! Hulk! Hulk! – Banner chamou.

– Nãããããão! – Hulk respondeu.

– Ah, que se dane você, seu babacão verde. Eu me viro sozinho. – Banner se jogou para cima de Seletor Obsidiano e, depois de uma troca de golpes brutal, encaixou o braço arrancado da própria Hulkbuster no inimigo. Banner apertou um botão e os olhos de Seletor arregalaram-se, alarmados com a ignição do repulsor.

– Boa viagem! – Bruce acenou. O repulsor da Hulkbuster levou Seletor Obsidiano para o alto até ele colidir com o escudo da redoma. O alienígena explodiu com o impacto.

– Hulk, a gente tem muita coisa pra resolver entre nós – disse Banner, finalmente podendo recuperar o fôlego.

Mas as coisas só pioravam. No mesmo momento em que Próxima aparentava ter vencido Natasha e Okoye, Corvus Glaive atravessou o Visão com sua lança.

– Achei que você fosse formidável, máquina. Mas está morrendo, como um homem qualquer. – Corvus tirou a lâmina do Visão com um puxão cruel. O Visão caiu aos pés do inimigo. No momento em que Corvus se inclinou sobre o androide para começar o processo de extração da Joia da Mente, o Capitão América conseguiu chegar até os dois e levar Corvus Glaive ao chão com uma investida.

– Vai embora! – o Capitão gritou ao Visão enquanto defletia os golpes de Corvus Glaive, lança contra escudo, soco contra soco. – Vai!

O Visão estava com dificuldade para se levantar.

Wanda precisava encerrar aquela luta e ir até o Visão. O tempo era precioso, e o tempo que ela havia desperdiçado com Próxima parecia uma vida inteira. A Feiticeira Escarlate ouviu um som agora já familiar se aproximando. Energia vermelha começou a sair de suas mãos, e uma das máquinas de guerra atrás dela saiu do chão, passou por cima dela e rolou sobre Próxima Meia-Noite.

As três mulheres desviaram o olhar quando um líquido azul saído da inimiga respingou nelas.

— Isso foi bem nojento — a Viúva Negra suspirou, limpando o sangue alienígena no braço.

Steve conseguiu desarmar Glaive, mas no processo cedeu uma posição avantajada ao adversário, que pulou para cima do soldado. Seus dedos longos envolveram o pescoço de Steve e começaram a apertá-lo. Lutando por ar, Steve esticou os braços em busca de qualquer coisa que pudesse usar para retaliar, mas estava começando a perder a consciência.

De repente, ele viu a última coisa que esperava: a ponta curvada da lança de Corvus Glaive brotando do peito do próprio vilão. O inimigo engasgou, soltou a mão do pescoço de Steve e teve o corpo erguido no ar pela própria arma.

Steve viu que era o Visão quem empunhava a lança, uma inversão de papéis em relação à luta que rasgara o corpo do Visão na Escócia. Com um último suspiro, Corvus Glaive ficou mole. O Visão jogou de lado o último membro dos Filhos de Thanos e teve dificuldade de se manter em pé devido à sua luta e derrota para Corvus momentos antes.

— Pensei ter dito para você ir embora — Steve arquejou.

Apoiando-se em um tronco de árvore próximo, o Visão deu um sorriso fraco e repetiu as palavras de Steve em um momento anterior:

— Não barganhamos vidas, Capitão.

A lua se dividiu em meteoros quando Thanos a tirou de órbita e a puxou para ir de encontro à superfície de Titã.

A destruição acabou com o que ainda sobrava de equilíbrio gravitacional, isso sem falar no estrago que fez nos heróis que enfrentavam Thanos.

Entre todos os que haviam lutado contra ele, apenas o Doutor Estranho ainda estava consciente. Com um movimento circular, Strange conjurou um feitiço que envelopou Thanos em uma prisão de cristal. Thanos sorria enquanto usava as Joias da Realidade e do Poder para estilhaçar a prisão em milhares de pedaços e mandá-los ao Mestre das Artes Místicas. Strange respondeu criando um escudo que transformava os estilhaços em uma multidão de borboletas azuis ao tocá-lo.

Recompondo-se rapidamente, ele conjurou uma magia que dividia sua compleição em dezenas de cópias idênticas, todas empunhando chicotes sobrenaturais. Eles atacaram como uma única entidade, prendendo, de todos os ângulos, centenas de chicotes a Thanos.

Thanos, sem se deixar enganar, agarrou uma única corda e a puxou com força. Todas as imagens convergiram para uma: o verdadeiro Doutor Estranho. O místico ficou de joelhos, atordoado.

– Você é cheio de truques, mago – disse Thanos, pegando o místico desorientado pelo pescoço. – E, no entanto, em nenhum momento usou a sua melhor arma.

Seu olhar passou para o Olho de Agamotto, pendurado no pescoço de Strange. Thanos pegou o artefato místico e o esmagou com a mão nua. O amuleto se despedaçou sem resistência.

– Falso. – Thanos sorriu diante da sagacidade de Strange... por um instante. Seus olhos se enrijeceram e ele lançou o Doutor Estranho em uma pilha de escombros.

Andando até ele, Thanos ergueu a Manopla e a mirou na cabeça de Strange, no momento em que algo passou por seus olhos e se grudou à palma de sua mão, impossibilitando que ela se fechasse.

— Se você jogar outra lua em mim, a coisa vai ficar feia — disse o Homem de Ferro, encarando o titã mais uma vez.

— Stark — Thanos rosnou.

O Homem de Ferro ficou surpreso por um momento.

— Você sabe quem eu sou?

— Sei. Você não é o único amaldiçoado pelo conhecimento.

Aparentemente, pensou Tony, ele também assombrara os pensamentos do titã nos últimos seis anos. Isso lhe deu uma pitada de alegria.

— Minha única maldição é você.

Com isso, os mísseis nos ombros do Homem de Ferro se posicionaram e dispararam. Thanos defletiu todos com o poder da Manopla do Infinito.

— Vamos lá! — desafiou Thanos, destruindo o aparelho que havia inibido temporariamente a Manopla.

Mas a cada míssil que o acertava, cada raio que defletia, cada golpe que rebatia, Thanos obtinha vantagem sobre o Homem de Ferro. Com o poder das Joias, uma pessoa sozinha não era páreo para ele. Em um processo lento e doloroso, o traje de nanopartículas de Tony foi arrancado e rasgado pelo poder das Joias do Infinito. Em meio a isso, Tony conseguiu desferir um chute bem dado no rosto de Thanos.

— Tudo isso por uma gota de sangue — Thanos contemplou, limpando o arranhão com o dedo. A retaliação por esse derramamento de sangue, por menor que ele tivesse sido, foi feroz e imediata. Thanos ergueu o braço e socou

Tony com força, fazendo-o dar piruetas no ar. Outro soco. Mais um. Tony estava sendo moído, golpe após golpe.

Em um esforço final, Tony improvisou uma espada a partir dos destroços ao redor e a usou para atacar Thanos. O vilão pegou a espada e a enfiou em um dos flancos de Tony, girando-a para causar mais dor.

Thanos conduziu os recuos de Tony até que este, por fim, se sentasse em um pedaço de entulho. Thanos colocou a mão da Manopla sobre a cabeça de Stark.

— Você ganhou meu respeito, Stark. Quando eu concluir minha tarefa, metade da humanidade ainda estará viva — Tony soltou um gemido dolorido. — Espero que se lembrem de você — Thanos disse, enquanto um fio de sangue escorria da boca de Tony. Ele ergueu a Manopla e a apontou para Tony Stark, sem armadura e indefeso.

— Pare.

Saindo dos escombros, Stephen Strange se sentou com dificuldade.

— Poupe a vida dele e eu lhe darei a Joia.

Isso foi um choque tanto para Tony como para Thanos.

— Nada de truques — exigiu Thanos.

Strange balançou a cabeça. Nada de truques.

— Não — Tony arquejou para Strange, usando todas as suas forças para contestá-lo. Ele e Strange haviam combinado. Strange era um homem de palavra. Ele havia prometido.

Strange olhou para o aliado com cumplicidade antes de erguer o olhar aos céus. Ele levantou um braço e pareceu pinçar uma estrela distante. No mesmo instante, ela cresceu e adquiriu um brilho esmeralda. A Joia do Tempo, esse tempo todo escondida diante de todos. Tony retorceu-se de dor ao vê-la.

A Joia voou da mão de Strange até a de Thanos, que a segurou gentilmente sobre a dobra do dedo e a soltou na Manopla. Com um sopro de energia, o poder das cinco Joias banhou Thanos. Ele respirou fundo e, em seguida, olhou para o único espaço vazio na luva.

— Só falta uma. — Thanos disse antes de sumir. Nesse momento, Peter Quill apareceu, disparando sua arma de raios no espaço até então ocupado pelo titã.

— Cadê ele? — Quill arquejou. Olhando ao redor, viu que Thanos não estava mais por lá. — A gente perdeu?

Stark tirou a lâmina do abdome, abafando um grito de dor. Nanopartículas começaram a costurar o ferimento, mas ele ainda estava em estado grave. Mesmo assim, ele encarava Strange, incrédulo. O Guardião da Joia a havia trocado... pela vida de Tony?

— Por quê? Por que você fez isso? — Tony estava abismado, mas o olhar de Strange continha determinação quando ele respondeu.

— Agora estamos na reta final.

CAPÍTULO 13

Com seus líderes derrotados, os batedores eram facilmente arrebanhados e destruídos pelos wakandanos e pelos Vingadores. Thor voou pelos campos de batalha brandindo a Rompe-Tormentas, limpando o território com relâmpagos.

Na clareira da floresta, o Visão estava tendo dificuldades para ficar em pé. Wanda o ajudou a se levantar.

– Você está bem? – ela perguntou.

O Visão retraiu-se, tocando a Joia da Mente.

– Ele está aqui – foi a única resposta que conseguiu dar.

Steve Rogers, alertado pelas palavras do Visão, falou no comunicador.

– Todos na minha posição. Inimigo a caminho.

O ar ficou perturbadoramente parado. Após a maior batalha em décadas que a Terra havia presenciado em um único dia, o silêncio era ensurdecedor. A Viúva Negra, o Falcão, T'Challa, Okoye e Banner foram todos para a posição de Steve.

O olhar de Natasha captou um movimento anormal no ar.

– Mas o que diabos?

Uma fumaça negra surgiu do que pareceu um rasgo no meio do ar. Dela saiu o enorme titã: Thanos. O fôlego de Banner ficou preso na garganta.

– Capitão. É ele.

Essa era toda a confirmação de que Steve precisava.

– Fiquem atentos. Concentração.

Banner saltou para atacar, mas Thanos usou o poder das Joias para fazer com que Bruce o atravessasse e, em seguida, se materializasse dentro da rocha atrás dele.

Depois disso, um por um os heróis avançaram até Thanos, sendo então jogados de lado ou derrubados por uma onda de energia. O Visão assistia a tudo isso e sabia o que precisava ser feito. Ele apenas esperava que Wanda confiasse nele.

— Wanda, chegou a hora — disse o Visão, com uma voz contida e em dor.

— Não — disse Wanda, ainda de pé, pronta para lutar. Sua voz continha insubordinação. Ela não teria essa conversa. Havia outro modo. Tinha que haver outro modo.

— Eles não podem detê-lo, Wanda, mas nós podemos. — O Visão estendeu-se e puxou Wanda para perto. — Olhe para mim. Você tem o poder de destruir a Joia.

— Não. — Wanda continuava de pé, pronta para lutar. Ainda convencida de que havia outra maneira além do plano proposto pelo Visão.

— Você precisa. Wanda, por favor. — O Visão fechou seus dedos na mão dela e a colocou sobre o próprio rosto. Fazendo-a parar. Fazendo com que ela o visse. Era a única maneira. — Nosso tempo acabou.

Wanda balançou a cabeça, com os olhos se enchendo de lágrimas.

— Não consigo.

— Consegue. Consegue, sim. — O Visão levantou a mão dela e a colocou em sua testa. — Se ele pegar a Joia, metade do universo morre. — Ele compenetrou-se nos olhos dela. — Não é justo. Não deveria ser você, mas é. Não tem problema.

Wanda afastou-se dele, com a mão ainda levantada. A voz do Visão ficou mais calma ao sentir que seu fim estava próximo.

— Você nunca seria capaz de me fazer mal.

Uma onda de aceitação percorreu Wanda, e ela finalmente reconheceu o que tinha de fazer.

O Visão manteve os olhos fixos nela. Sua voz foi doce e amorosa quando ele falou:

— Eu só sinto você.

Com um turbilhão de energia, Wanda respirou fundo e começou a usar seus poderes para destruir a Joia e, com ela, o amor de sua vida.

Ela forçou-se a manter contato visual com Vis, querendo que seu rosto fosse a última coisa que ele visse em seus últimos momentos na Terra. Mas conforme o tempo avançava, ela descobriu ser insuportável olhar a vida do Visão sendo lentamente extraída dele. Por um breve momento, ela desviou o olhar. Com o coração partido e lágrimas escorrendo pelo rosto, Wanda perdia cada vez mais o controle de suas emoções.

Ao olhar novamente para Vis, ela decidiu que precisava fazer sua dor se encerrar. Precisava presenteá-lo com um último gesto de amor. Wanda ergueu a outra mão e dobrou a energia agora concentrada na Joia. Logo, Vis não sentiria mais dor. Ficaria livre de tudo isso. Pelo menos, daria isso a ele. Vis fechou os olhos e deixou a energia de Wanda atravessá-lo.

Nos arredores, todos os heróis tentavam deter Thanos e cada um deles era rapidamente derrotado. Bucky, Okoye e a Viúva avançaram e atiraram em sua direção, mas suas armas foram congeladas no ar ou usadas contra eles mesmos. Steve Rogers correu até Thanos por trás e deslizou de joelhos, acertando o titã na perna. Thanos ficou surpreso com o fato de alguém de fato acertar-lhe um golpe. Ele ergueu a mão da Manopla, fechou o punho e a baixou com força para esmagar a inconveniência diante dele. Para sua surpresa, Steve pegou o punho com as duas mãos, interrompendo a trajetória. Com os dentes rangendo, ele detinha o avanço de Thanos. Até o vilão se impressionou... antes de dar um golpe com a outra mão, fazendo Steve voar para fora do caminho.

Os poderes da Feiticeira Escarlate finalmente estavam fazendo a Joia da Mente trincar um pouco. Ela ouviu Thanos se aproximando atrás dela e dividiu sua concentração, atacando Thanos com a rajada de uma das mão enquanto tentava destruir a Joia com a energia da outra.

Wanda gerou uma barreira de energia que deu ao casal tempo suficiente para que ela se concentrasse no Visão. Os momentos finais haviam chegado, e ambos sabiam disso.

— Está tudo bem — o Visão sussurrou, com os olhos nela. Wanda despejou toda a sua energia na destruição da Joia da Mente. — Está tudo bem — ele repetiu.

Do lado de fora da barreira, Thanos socava o campo de energia com a Manopla, mas mal conseguia deixar uma marca. Ele havia chegado tão longe, mas a última peça escapava de seus dedos bem à sua frente.

De repente, a Joia da Mente começou a rachar, enfim atingindo um ponto crítico. Diante do choro de Wanda, o Visão falou com a voz íntima e carinhosa:

— Eu te amo.

Ela irrompeu em prantos quando os olhos de Vis se fecharam. O rosto dele estava calmo e sereno conforme a Joia da Mente se despedaçava. Uma energia amarela explodiu e perpassou todos. O Visão caiu ao chão; seu corpo inteiro agora estava da cor de cinzas.

– Eu entendo, minha criança – disse a voz de Thanos ao se aproximar de Wanda. – Melhor do que qualquer um.

Os olhos de Wanda flamejaram.

– Você nunca entenderia!

Para sua surpresa, Thanos olhou manso para ela.

– Hoje, eu perdi muito mais do que você pode imaginar. – Ele andou até ficar ao lado do corpo sem vida do Visão. – Mas agora não há tempo para lamentar. Agora não há tempo algum.

Formando um punho com a Manopla, um anel mágico verde apareceu ao redor do pulso de Thanos. Ele havia ativado a Joia do Tempo, fazendo o tempo retroceder. Wanda chorando, a destruição da Joia, a declaração de amor do Visão, tudo reacontecendo de trás para frente, até que o Visão ficasse à frente dele, com a Joia da Mente intacta em sua testa.

– Não! – Wanda gritou, mas ela foi lançada para o outro lado da clareira por Thanos.

O titã olhou para o Visão e o agarrou pela garganta. Ele o levantou e removeu à força a Joia da Mente de sua cabeça. A testa do Visão afundou e seu corpo amoleceu. Thanos o jogou de lado.

Segurando a Joia da Mente sobre o último compartimento vazio da Manopla do Infinito, Thanos a deixou encaixar-se. No mesmo instante, uma energia cósmica que não havia se reunido em um mesmo lugar desde antes do Big Bang banhou e percorreu seu corpo.

Thanos arqueou as costas e gritou. Ele levantou o punho e a energia começou a dissipar-se.

As seis Joias agora pulsavam em uníssono. Ele olhou para elas, tão mesmerizado que não viu o relâmpago que tinha seu peito como alvo acertá-lo bem em cheio, fazendo-o rolar e bater em uma série de árvores.

Thor apareceu e ergueu a Rompe-Tormentas. Antes que Thanos pudesse reagir, Thor arremessou o machado, que rodopiou até encontrar o peito de Thanos, no qual se cravou com um baque surdo.

Thor andou até o titã, que estava com dificuldade para obter fôlego.

— Eu disse que morreria pelo que fez. — Thor afundou Rompe-Tormentas ainda mais no peito de Thanos, sufocando um grito de dor dele.

Arquejando, Thanos encontrou o olhar de Thor e sorriu, pensando em uma piada que apenas ele poderia fazer.

— Você... deveria... ter mirado... na cabeça. — Thanos arquejou ao levantar a mão. Thor viu a Manopla do Infinito nela, com as seis Joias brilhando. Thanos sorriu ainda mais, ao passo que os olhos de Thor se arregalavam horrorizados.

— NÃO!

THANOS ESTALOU OS DEDOS.

CAPÍTULO 14

Thanos, não mais com a Manopla na mão e vestindo uma túnica, saiu de uma estrutura simples, rodeado por água rasa. Não estava mais na Terra. Aliás, não tinha certeza de onde estava.

Um barulho fez com que ele se virasse. Ele viu uma criança jovem e de pele verde se aproximar.

— Filha?

— Você conseguiu? — ela perguntou.

— Sim.

— O que lhe custou?

Com um suspiro pesado, ele respondeu.

—Tudo.

Tão rápido quanto havia devaneado, sua mente recobrou a concentração e ele estava novamente na Terra, em Wakanda, com Thor em cima dele.

Thanos olhou para a Manopla do Infinito, que agora estava queimada e rachada, mas com as Joias ainda brilhando. Um portal de teletransporte se abriu atrás dele e Thanos sumiu da Terra, deixando que seus habitantes descobrissem sozinhos as consequências de seu ato. A Rompe-Tormentas caiu no chão quando o portal se fechou.

— O que você fez? — gritou Thor, mas Thanos não estava mais lá.

Steve veio correndo.

— Para onde ele foi? — ele perguntou a Thor, mas o asgardiano não tinha resposta. — Thor. Para onde ele foi?

A voz de Bucky interrompeu; ele adentrava a clareira, caminhando de modo estranho.

– Steve? – Antes que pudesse dizer mais alguma coisa, ele derrubou sua arma e virou poeira, apagado da existência em um piscar de olhos. Steve correu para onde seu amigo estivera no instante anterior, mas não havia sinal de que Bucky Barnes havia estado ali exceto pelas cinzas.

M'Baku assistiu a seus conterrâneos de Wakanda, guerreiros e cidadãos, virarem pó ao seu redor, sem que ele pudesse fazer nada a respeito.

– Levante-se! General, levante-se! Aqui não é lugar para se morrer. – T'Challa ajudava Okoye a se levantar quando começou a virar poeira. Quando ele sumiu por completo, Okyoe caiu no chão, procurando seu rei freneticamente.

Perto de Okoye na clareira, Rocky estava ao lado de Groot, que começou a virar poeira em um processo lento e silencioso.

– Eu sou Groot – disse, fraco.

– Oh. Não… n-não, não, não! – No momento em que Rocky chegou perto para abraçar seu amigo mais próximo, Groot virou cinzas em suas mãos. – Não! – Rocky gritou de coração partido, com as cinzas de Groot assentando ao redor dele.

Wanda segurava o corpo sem vida do Visão nos braços e, ao começar a virar poeira, ela sorriu, aliviada em não ter que aguentar nem mais um segundo neste planeta sem seu grande amor.

Sozinho, o Falcão tentava se levantar com dificuldade, virando pó antes que conseguisse descobrir onde havia aterrissado. Sozinho e com medo, suas cinzas foram levadas pelos ventos de Wakanda.

— Sam? — Rhodey chamou, correndo na direção dele, mas sem chegar a tempo. — Sam? Cadê você? — Rhodey chamou novamente.

Ninguém respondeu.

Do outro lado da galáxia, em Titã, Mantis ergueu o olhar.

— Há alguma coisa acontecendo — ela avisou logo antes de virar pó. Tony olhou estarrecido enquanto Drax levantava a cabeça.

— Quill? — Drax disse, no instante seguinte virando poeira e somando suas cinzas às ruínas de Titã. Quill olhou para Tony, aterrorizado.

— Aguenta firme, Quill. — Tony tentou acalmá-lo, indo na direção dele.

Quill olhou para os próprios braços e deve ter sentido algo, porque, antes de virar pó, conseguiu murmurar:

— Ah, cara.

Nos escombros da escadaria, Doutor Estranho chamou o Homem de Ferro.

— Tony. — Ele se assegurou de que Tony estivesse prestando atenção — Não havia outro modo. — Assim, ele também se pulverizou.

— Senhor Stark? — A voz de Peter Parker estava fraca e assustada. — Eu não tô legal. — *Não*, Tony pensou. *Por favor, não. Ele não.* Peter cambaleou até Tony, com os braços esticados. Tony foi ao encontro de Peter.

— Está tudo bem — Tony o confortou, como havia feito antes.

— Eu não sei o que tá acontecendo. Não sei — Peter caiu nos braços de Tony, que abraçou o garoto com força. Peter se agarrou a Tony e começou a chorar. Era só um garoto. Tony o segurava enquanto ele chorava. — Não quero ir. Não quero ir, senhor. Por favor. Por favor. Eu não quero ir. Não quero ir. — Peter caiu no chão e Tony desceu com ele. O braço de Peter se mantinha firme ao redor do pescoço de Tony.

Tony curvou-se para mais perto dele. *Olhe para mim, garoto. Eu estou calmo. Você vai ficar bem*, ele pensou. *Estou aqui, estou aqui. Olhe para mim.* Tony pegou o ombro de Peter, fixando seus olhos nos dele quando Peter desintegrou-se em um sussurro:

— Me desculpe.

A mão de Tony caiu no chão onde Peter estivera um momento antes. Nela, não havia nada além de cinzas. Tony desejou que fosse mentira. Desejou que o garoto voltasse. Desejou outra chance de salvá-lo. De confortá-lo. De protegê-lo. De amá-lo.

— Ele conseguiu — a voz de Nebulosa veio de trás de Tony. Ele havia esquecido que ela ainda estava lá. Pelo menos não estava totalmente sozinho naquele canto decadente do universo, Tony pensou. E foi nesse momento que lhe caiu a ficha, que ele processou o que Nebulosa dissera. Thanos havia conseguido fazer o que pretendia: trazer equilíbrio ao universo a qualquer custo.

Pepper. Será que Pepper havia sobrevivido? Quanto ele havia perdido, de fato?

O Capitão América tinha virado o corpo do Visão e avaliava o estrago feito ao amigo quando Natasha se aproximou, correndo.

— O que é isso? — Rhodey perguntou, olhando para os cinco Vingadores restantes: Thor, Banner, Natasha, o Capitão e ele mesmo. — O que diabos está acontecendo?

Sentado ao lado do corpo descolorido e acinzentado do Visão, o Capitão começou a ligar os pontos. Seu rosto empalideceu e seu corpo inteiro murchou.

— Meu Deus — o Capitão disse ao se dar conta do que Thanos havia feito.

Em algum planeta bem distante, o sol nascia. Thanos sentou-se nos degraus à frente de uma choupana simples e deixou os raios da manhã banharem seu rosto. Pela primeira vez em muito tempo — mais tempo do que era capaz de se lembrar — o rosto do titã reluziu com um sorriso sincero.

Thanos havia vencido.

EPÍLOGO

Ainda sem notícias de Stark? – perguntou Nick Fury.

– Não, ainda não. Estamos monitorando todos os satélites nos dois hemisférios, mas até agora, nada – disse Maria Hill enquanto olhava seu aparelho em busca de respostas.

– O que foi?

– Várias naves sobre Wakanda – disse Hill, com urgência.

– Mesmo traço de energia de Nova York?

– Dez vezes maior – O tom de Maria era sério.

– Diga a Klein que nos encontraremos...

Naquele momento, um SUV preto apareceu derrapando, batendo bem à frente deles.

– Nick! Nick! – Maria gritou, apontando para o veículo que girava.

Fury saiu do carro com Hill. Ela foi até o veículo preto.

– Eles estão bem? – Fury perguntou, referindo-se aos passageiros.

– Não tem ninguém aqui – Hill disse, cruzando olhares com ele; havia perturbação em sua voz.

Acima deles, um helicóptero foi de encontro a um prédio. A cidade estava um caos absoluto. Era pior que os Chitauri, pior que Ultron.

– Ligue para o controle. Código vermelho – Fury mandou.

Mas Hill não respondeu.

– Nick – ela disse, com a voz fraca. Nick Fury se virou a tempo de ver sua parceira virar pó.

– Ah, não. – Nick pegou um pager antigo, do estilo da década de 1990, e apertou uma sequência de dígitos pouco antes de ver sua própria mão virar poeira.

– Filho da... – Fury suspirou ao desaparecer.

O aparelho caiu no chão, piscando a palavra "enviando...", "enviando...". Por fim, ele se conectou. O aparelho acendeu.

Na tela, havia uma insígnia vermelha, azul e amarela. Se alguém viu, talvez não tenha reconhecido. Mas para quem reconhecesse, isso significava uma única coisa: alguém havia recebido o pedido de socorro.

FIM

TIPOGRAFIA **ADOBE GARAMOND PRO**

IMPRESSÃO **COAN**